叶甫盖尼·奥涅金

Евгений Онегин

〔俄〕普希金／著
智　量／译

名著名译
丛书

人民文学出版社
PEOPLE'S LITERATURE PUBLISHING HOUSE

А. С. ПУШКИН
ЕВГЕНИЙ ОНЕГИН
据 ПОЛНОЕ СОБРАНИЕ СОЧИНЕНИЙ В ДЕСЯТИ ТОМАХ,
ТОМ ПЯТЫЙ (ИЗДАТЕЛЬСТВО《НАУКА》, МОСКВА, 1964) 译出

图书在版编目(CIP)数据

叶甫盖尼·奥涅金/(俄罗斯)普希金著;智量译.—北京:人民文学出版社,2017
(2024.9 重印)
(名著名译丛书)
ISBN 978-7-02-012477-0

Ⅰ.①叶… Ⅱ.①普…②智… Ⅲ.①诗体小说—俄罗斯—近代 Ⅳ.①I512.24

中国版本图书馆 CIP 数据核字(2017)第 038778 号

责任编辑 李丹丹
装帧设计 刘 静 陶 雷
责任印制 苏文强

出版发行 人民文学出版社
社 址 北京市朝内大街 166 号
邮政编码 100705

印 刷 三河市中晟雅豪印务有限公司
经 销 全国新华书店等

字 数 122 千字
开 本 890 毫米×1290 毫米 1/32
印 张 10.5 插页 3
印 数 29001—32000
版 次 2004 年 1 月北京第 1 版
印 次 2024 年 9 月第 9 次印刷

书 号 978-7-02-012477-0
定 价 36.00 元

普希金

普希金（1799—1837）

俄罗斯著名的文学家，伟大的诗人、小说家，现代俄罗斯文学的创始人，也是现代标准俄语的创始人。他是十九世纪俄罗斯浪漫主义文学的主要代表，同时也是现实主义文学的奠基人，被誉为“俄罗斯文学之父”“俄罗斯诗歌的太阳”。主要作品除了诗歌以外，还有长篇小说《上尉的女儿》、中篇小说《杜布罗夫斯基》《黑桃皇后》及《别尔金小说集》等。

本书为诗体长篇小说，讲述了一个贵族青年奥涅金在上流社会所发生的故事。作品中的主人公奥涅金是俄国文学史上第一个“多余人”形象，该作品是俄国现实主义文学的奠基之作，是公认的俄罗斯文学的典范之作。同名歌剧《叶甫盖尼·奥涅金》亦闻名于世。

译　者

智量　（1928—　）原名王智量，北京大学毕业，曾在北大西语系、俄语系、中文系和社科院外文所工作，1958被划为右派分子，失业至1979年。1979年12月起在上海华东师范大学任教，1985年起任中文系教授，1993年退休。翻译出版过普希金、莱蒙托夫、屠格涅夫、海涅、狄更斯等世界文学大师的多种作品，创作过长篇小说《饥饿的山村》和回忆录《人海漂浮散记》等作品。有《智量文集》和《智量译文选》出版。

出 版 说 明

人民文学出版社从上世纪五十年代建社之初即致力于外国文学名著出版，延请国内一流学者研究论证选题，翻译更是优选专长译者担纲，先后出版了“外国文学名著丛书”“世界文学名著文库”“二十世纪外国文学丛书”“名著名译插图本”等大型丛书和外国著名作家的文集、选集等，这些作品得到了几代读者的喜爱。

为满足读者的阅读与收藏需求，我们优中选精，推出精装本“名著名译丛书”，收入脍炙人口的外国文学杰作。丰子恺、朱生豪、冰心、杨绛等翻译家优美传神的译文，更为这些不朽之作增添了色彩。多数作品配有精美原版插图。希望这套书能成为中国家庭的必备藏书。

为方便广大读者，出版社还为本丛书精心录制了朗读版。本丛书将分辑陆续出版。

人民文学出版社

2015 年 1 月

前　言

亲爱的读者朋友！俄国诗人亚历山大·谢尔盖耶维奇·普希金(1799—1837)的名字对你一定是并不陌生的。他是我们中国广大读者最为喜爱的外国诗人之一，也是最早被介绍到中国来的外国作家之一，我国人民读他的作品已经一百多年了。

你一定也知道，普希金的代表作是这部写于1823—1830年间的诗体长篇小说《叶甫盖尼·奥涅金》。这是普希金最伟大、影响最深远、读者也最多的作品。它以优美的韵律和严肃的主题深刻反映俄国十九世纪初叶的现实，提出生活中的许多问题，被俄国批评家别林斯基誉为“俄国生活的百科全书和最富有人民性的作品”。在这部独特的小说中，你可以读到许多生动感人的情节，见到一个个栩栩如生的人物，欣赏到各种各样当时俄国生活的真实画面，而且所有这些都是用格律严谨、语言流畅的诗句写出的。在这部诗体长篇小说中，作家以高度简洁凝练的笔法叙述故事，描写风景，刻画人物，展示生活。在这部作品中，普希金表现出了他全部的思想高度和才华。

下面，就让我们一同来阅读、了解和欣赏这部不朽的世界古典文学名作吧。

1

《叶甫盖尼·奥涅金》这部小说是以书中男主人公的名字命名的。诗人通过这个典型的艺术形象反映生活的真实，传达他对现实人生的看法和他对人类本性的观察与了解，其中包含着非常丰富的内涵。

奥涅金出身贵族，养尊处优，有很高的智慧和教养；他对当时俄国的现实不满，愤世嫉俗，玩世不恭。但是他又生性懦弱，既不能和生活中的恶正面对抗，也不能挺身而出，对社会做出什么积极的贡献。他有时还表现得很自私，比如，为一点小事就开枪打死自己的好朋友。他和他自己所属的贵族上流社会格格不入，但他又是一个消极懒散、一事无成的人，他并不具有一种可以让他下决心抛弃自己贵族生活的远大理想。他没有像十二月党人那样献身人民的解放事业。（普希金在他已经写出的第十章中，曾经描写奥涅金有可能变成十二月党人，但是他最终自己把这一章稿子烧掉，因为这不符合“多余人”矛盾性格的客观逻辑。）奥涅金的这种思想与性格特征使他在社会生活中无所适从，于是，他成了一个“多余的人”。像他这样的人，在1825年前后的俄国是很多的。俄国作家赫尔岑说：“每走一步路都会碰见他（这样的人）。”这种人如果想改变他们的“多余”处境而又不甘心堕落，惟一的出路就是走向人民，但是像奥涅金这样的人做不到这一点。

普希金通过奥涅金这个形象写出了俄国当时一代贵族青年所共有的思想与性格特征。俄国文学中描写了许多这样的人物，奥涅金是这些多余人形象的始祖。多余人形象在十九世纪初叶俄国文学中的出现，说明现实生活中已经有了相当强大的进步力量。俄国文学批评家杜勃罗留波夫说，这样的文学形象是在一种“新生活的微风”熏陶下产生的。普希金在奥涅金这个形象身上，写出了俄国社会的变革与发展。

奥涅金这个多余人形象有其文学发展史上的来源。文艺复兴以后，世界文学开始强调个性的自由和人性的全面发展。但丁、拉伯雷、薄伽丘、莎士比亚、塞万提斯等作家之所以伟大，就在于他们使人和人性成为文学的真正主题。普希金继承和发扬了世界文学中这一伟大的人文主义传统，并且在前辈打下的基础上再作发展。他在多余人形象的塑造上更加深入而具体地探索和表现了人性，揭示出人性中固有的个体与社会的矛盾。尤为可贵的是，普希金还对奥涅金身上许多个人主义的东西提出批判，暗示出一种超越个体自我以解决这一矛盾的途径，从而继承和发展了世界人文主义文学传统的积极的内核。这使《叶甫盖尼·奥涅金》在世界文学史上拥有崇高的地位，奥涅金这一形象也因此具有全人类的普遍意义。

多余人形象并不是仅仅在俄国文学中才有，当时欧洲文学中那些

“世纪病”患者形象，美国二十世纪文学中“迷惘一代”的形象，中国现代文学中的“零余人”形象，都是他们自己时代和环境中的多余人。叶甫盖尼·奥涅金在世界文学的多余人群像中，是塑造得最为深刻而完美的一个。由于多余人形象所具有的人类共性，它的影响也就超越了时空，这就是奥涅金这个外国文学中的人物至今仍能吸引和打动我们的原因。

小说的女主人公达吉雅娜是普希金为俄国生活树立的一个“理想”。作家称她为“我可爱的女幻想家”和“我的可爱的理想”。这个淳朴、高尚、纯洁而又美丽的女性身上，体现着俄罗斯人民和俄罗斯民族的品质与力量，她是一个“具有俄罗斯灵魂的姑娘”。达吉雅娜和俄罗斯人民有着密不可分的联系，连她的名字也是一个普通的俄国乡下姑娘的名字。达吉雅娜对当时的俄国社会抱有批判的态度，这是她和奥涅金之间的共通点，是他们的爱情发生发展的基础。但是达吉雅娜又在许多方面超越了奥涅金。达吉雅娜宁肯放弃她的爱情和幸福，也要忠实于自己做人的原则，她达到了一种比奥涅金高出许多的人生境界。作为一个女性，那个时代并未向她提出什么斗争和献身的要求，而她却能够以其自己的方式，在她所具有的条件下，表现出自己对现实社会的反抗来，并且做出了极大的自我牺牲。她的确是一位十分独特、与众不同的姑娘，是十九世纪俄国文学中品位最高的一个女性形象。

在《叶甫盖尼·奥涅金》中，普希金用达吉雅娜身上的光辉与奥涅金身上的某些光辉相互映照，着意描写了他俩所共同拥有的对社会的批判态度；而同时，作家也用达吉雅娜的优点和奥涅金的缺点相对比，以此启发读者认识到，在社会上做人，应该时时注意超越狭隘的自我，必要时要能够牺牲个人利益，以求达到一种更高层次的人生境界。达吉雅娜形象的价值正在于此。然而，不仅是在一百多年前的俄国，就是在今天世界上，能够做到这一点的人也不是很多。因此，作家一再地称她为“我的理想”“我的可爱的理想”“我可爱的女幻想家”。

《叶甫盖尼·奥涅金》中的其他人物与这两个主要人物一同构成一个完整的形象体系。他们各自具有自己的特征，共同组成一幅生活背景，把两个主要人物鲜明地托现出来。在奥涅金和达吉雅娜的环境中，其他所有的人都没有奥涅金式的苦恼，更没有达吉雅娜式的超越，他们是一群平凡而渺小的人。即使那位风度翩翩的连斯基基本上也是这样。这位诗人整个一生只是沉溺于自己个人的幻想与爱情，他短暂的生命轻微而浅薄，不能在人世上留下什么痕迹；奥尔加的一生是她母亲一生的再版，她心中只有饮食男女和婚姻家庭的需求，她的未婚夫连斯基一死，她马上便可以羞答答、笑眯眯地去另嫁一个男人。书中还描写了一个名叫扎列茨基的人，这个恶棍为了自己卑劣的个人目的，让别人去死也在所不惜。所有这些人物使作品所呈现的生活画面真实而丰富，让作品的主题得以在不同的层面上生动地显现。

2

浪漫主义与现实主义相结合，是《叶甫盖尼·奥涅金》这部普希金的代表作在艺术上的主要特点。我们在上文中谈了这部作品真实反映现实生活的一面，现在再让我们来谈一谈它的浪漫主义的一面。

普希金于1823年11月4日从南方给他的朋友维亚柴姆斯基公爵写过一封信，其中谈到在他构思《叶甫盖尼·奥涅金》时所想到的这部作品应有的艺术特点。他说："这不是一部长篇小说，而是一部'诗体长篇小说'。"他同时强调指出，这两者之间有着"Дьявольская（意思是惊人的，异常的，极度的，大得不得了的）差别"。作家本人的这句话对我们启发很大。我们知道，在当时俄国文坛，长篇小说一般被认为是属于现实主义范畴的，而诗歌则属于浪漫主义范畴。作家这句话不仅告诉我们，他写这部作品是运用了现实主义和浪漫主义相结合的创作方法，而且告诉我们，用这样的方法写出的作品与其他长篇小说是多么地不同。

普希金在《叶甫盖尼·奥涅金》出版时，特地在封面上标明这部诗歌是一部长篇小说。（这与同时代的俄国作家果戈理的做法相同。我们知道，《死魂灵》也是一部现实主义与浪漫主义相结合的不朽名作。果戈理在出版《死魂灵》时，曾特地标明这部长篇小说是一部"长诗"。）在普希金有关《奥涅金》的别稿中，保存有一篇他为《奥涅金》第一章初版所写的序文，其中明确谈到，《奥涅金》和他的浪漫主义长诗《高加索的俘虏》在艺术上有着深刻的联系。就在《叶甫盖尼·奥涅金》作品本身中，普希金也没有忘记把作品的浪漫主义特点向读者指出来。请看作品第一章第二节的第五行，这里他便告诉读者，奥涅金是他早年浪漫主义长诗《鲁斯兰与柳德米拉》中的主人公的"朋友"。在普希金为这本书所写的注释的第五条中，他还称自己为"浪漫主义作家"。以上这些作者本人的直接陈述，有助于我们全面地理解这部作品。

《叶甫盖尼·奥涅金》的浪漫主义特点首先表现在形象体系的配置上。如果说奥涅金形象主要体现了作品的现实主义的一面，那么达吉雅娜形象则主要体现了它的浪漫主义的一面。达吉雅娜在作品中是作为一个在真和善的基础上树立起来的美的理想而出现的。她是一个超乎现实之上的形象。普希金把自己对女性美的一切憧憬和想望都集中地表现在她的身上。我们看见，达吉雅娜从出生到长大，到恋爱、结婚……她在生活中每一环节上的表现、感受、反应都和周围其他的女性不同。在她的头顶上似乎有一圈令她显得与众不同的神圣的光辉，难怪陀思妥耶夫斯基称她为"圣像"。

作品中凡是有达吉雅娜出场的章节中，作家都大量使用浪漫主义文学所惯用的抒情手法，描写了不少风俗、梦境。我们发现，作家在描写这个人物时，摆脱了许多现实主义文学中描写人物所必须有的细节，比如，作品中甚至连达吉雅娜丈夫的姓名都没有提到过，也没有一行诗写到她婚后的家庭生活。达吉雅娜所做的那些事情(比如，主动给男性写信求爱，一个人独自漫游等)，是当时的大家闺秀都不会也不敢去做的。这显然不是我们所熟知的现实主义的手法。作家极力想通过这个人物来传达的，是他自己心目中的希望与追求，是他主观的创作意图和需要。因此，达吉雅娜这个形象便具有了相当程度的单纯性和理想性，而正是这个形象的这种浪漫主义性质，使她，也使整个作品，拥有了不同凡响的光芒。

浪漫主义文学的一个特点是崇尚大自然。从奥涅金和达吉雅娜两人与大自然的不同关系上，我们也可以看出这两个形象所体现的不同的艺术创作方法。作品中全部的自然之美都集中地表现在与达吉雅娜有关的事物和场景中。她本身的容貌、性格、思想、感情、爱好、习惯,以及她的朴素的名字,都体现出一种超凡脱俗的意味。奥涅金是一个属于喧嚣的城市生活的人,他生在城市,长在城市,尽管他对城市生活不满,来到了农村的大自然怀抱中,但最终他还是背弃了大自然而回到城市去。而达吉雅娜则是一个属于农村、属于大自然的人物。她生在农村,长在农村,她对城市中的声色犬马感到厌烦,即使到了莫斯科的上流社会里,她依然终日思念着她的恬静的溪流、牧场,思念她奶娘墓地上的一抔黄土。作家在这个人物身上集中地歌颂了大自然,把大自然的纯真完美作为体现人类品格与理想的最高标准。普希金的朋友丘赫尔别凯说,达吉雅娜身上有普希金自己。这个普希金就是一个理想主义者、浪漫主义者的普希金。《叶甫盖尼·奥涅金》中那些描写达吉雅娜在农村环境和大自然中的场景,充满着浪漫主义的热情与向往。从这一点来看,我们可以说,达吉雅娜这个形象以及《叶甫盖尼·奥涅金》的浪漫主义特色,也反映出这部作品的民主性和人民性。

在《叶甫盖尼·奥涅金》的总体艺术氛围中所浸透的那种作家的主体意识,也是作品浪漫主义创作方法的重要表现。在这部作品里,普希金时时都在以他崇高的精神世界与他所描绘的丑恶现实相对抗。这种自觉的对抗给诗人的灵感以自由驰骋的力量和畅抒胸怀的诗情。读者想必已经注意到,在这部作品中,你处处可以见到一个生动明朗的“我”的形象,《奥涅金》中的这个“我”,和一般小说中第一人称的故事叙述者不同,它是原原本本的作家自己,它毫无隐讳地把普希金自己的立场观点展示出来,表现出作家的亲疏爱憎与喜怒哀乐,同时也倾述他的友谊、爱情和他种种的人生遭遇与体验,甚至表达他的文艺观点。作家通过这个毫无掩饰的“我”,把自己交织进作品的形象体系中,这个“我”不仅是奥涅金的朋友,也是达吉雅娜的崇拜者,对达吉雅娜这位美好的人儿怀有深深的爱。达吉雅娜写给奥涅金的那封无价的情书也是他在珍藏着。正是《叶甫盖尼·奥涅金》中的这个“我”,使作品成为一部充满浪漫主义情调的“诗体长篇小说”,而不是一部一般的长篇小说。

《奥涅金》中的这个“我”在作品中那些优美的抒情插笔中表现得

最为酣畅。请读者务必特别仔细地阅读这些抒情的诗节。在这些诗节中，作家作为一位抒情主人公随时随地纵情吐露自己的心怀。从一般现实主义小说的结构方式看，这些抒情插笔好像只是一种离题的闲话，无关作品宏旨，而在这部富有浪漫主义色彩的独特作品中，它是作品主题的深化、思想的展开、题材的扩大和艺术独创性的具体体现。它是作品不可缺少的组成部分。这里有着普希金作为一位诗人的最为真切的心声。它为这部作品带来优美诱人的、拜伦式的风格与色调。

《叶甫盖尼·奥涅金》与俄罗斯民间口头文学的紧密联系也是它浪漫主义特色的一种表现。小说中大量的细节采自俄国民间习俗与传说，这些主要都围绕达吉雅娜形象而出现。达吉雅娜在浴室中的占卜，她的那场奇异的梦，她与奶娘的一场对话，她在自然美景中女神似的漫游，以及她所听到的女仆们采摘果子时所唱的歌……这些篇章都共同烘托出一种美妙的诗情画意。《叶甫盖尼·奥涅金》中的这些俄罗斯民间文学因素，令我们想起斯塔尔夫人在谈到欧洲浪漫主义时所说的一句话："用我们自己的感情来感动我们自己。"普希金是一个纯粹的俄国的诗人，他的浪漫主义深深扎根于俄罗斯的泥土中。

3

普希金从拜伦那里学来诗体小说这种艺术形式，又加以发展和改造，使之成为俄国文学中具有民族特色的作品。诗体小说是小说，也是诗，它的贯穿作品整体的外在诗歌特征，是由它的格律形式来体现的。《叶甫盖尼·奥涅金》在这一点上尤其别具特色。它所使用的格律是作家专门为写这部书而创造的。这一独特的格律被文学史家命名为"奥涅金诗节"。"奥涅金诗节"的特点是我们在阅读和欣赏这本书时必须首先留意的。要知道，《叶甫盖尼·奥涅金》中的这个"奥涅金诗节"是前无古人、后无来者的。

普希金根据欧洲文艺复兴以来流行的十四行诗格律，参照它在各个不同国家、不同诗人笔下的变化与发展，同时考虑到俄语词汇的音节重音特点，创造性地为自己制定了这一独特的格律。普希金在诗歌形式上对欧洲诗歌传统的继承与发展，和他作品内容上对欧洲文艺复兴以来文学中的人文主义思想的继承与发展之间有着内在的、必然的联系。

"奥涅金诗节"规定：长诗中的基本单元是诗节，每一诗节中包含十四个诗行，每一诗行中包含四个轻重格音步，每音步两个音节；这十四个诗行中，结尾为轻音者（阴韵）占六行，每行九个音节（最后一个轻音音节不构成音步）；结尾为重音者（阳韵）占八行，每行八个音节；阴阳韵变换的规律和诗行间押韵的规律之间又有严格的配合，这十四行诗的押韵规律是：

a b a b c c d d e f f e g g

即：第一个四行为交叉韵，第二个四行为重叠韵，第三个四行为环抱韵，最后两行又是重叠韵；而其阴阳韵变换的规律（用每行不同的音节数目表示）则是：

9 8 9 8 9 9 8 8 9 8 8 9 8 8

这两者交织在一起，再加上每行诗中四音步轻重格的节奏起伏，便共同形成了每个十四行的诗节中固定不变的优美的音韵与格调。《叶甫盖尼·奥涅金》整部作品共有四百二十多个诗节（另外还有一些别稿）。除了由于内容需要，书中的一篇献词、两封书信、一首民歌和别稿中的几节"奥涅金的笔记"另有特点之外，全诗都是严格按照这一"奥涅金诗节"的格律规定一贯到底的。这样，《叶甫盖尼·奥涅金》这部作品便具有了一种它所独有的，非常工整、和谐、严密的艺术形式，读来绵绵不绝，优美而舒展，好似一条均匀起伏而又汹涌畅流的、宽阔的、滚滚向前的诗的大河，既有其不断反复的基调，又谨守其严格的内在规律，承载着它的变化万千的情节，不断地向前发展。它极其富有节奏感和音乐性，饱含深沉诱人的魅力，给你一种扣人心弦、引人入胜的享受。在普希金写出《叶甫盖尼·奥涅金》之后，俄国文学史上，只有他的当之无愧的继承者莱蒙托夫一人，使用这一格律写出过一篇五十余节的诗体小说《唐波夫财政局长夫人》，此外再无其他诗人敢于问津。

4

这里再讲几句关于翻译的话。

翻译必须尽可能在各个方面忠实于原作。既要努力传达原作的“神”，也要努力传达原作的“形”。因为原作的神是寄于它的形之中，依靠它的形而存在而表现的。翻译者不应该做让作品“神不守舍”的事，而应该尽可能努力，使译文与原作“神形兼似”。在翻译诗歌作品时，更是必须如此。也就是说，在我们把外国诗歌翻译成汉语时，除文字意义和语言风格上的忠实以外，还应该尽可能地把原作的格律特点表现出来。

诗歌格律的主体是它的节奏规律和押韵规律，这一点古今中外的诗歌都是共同的。就“奥涅金诗节”来说，每节十四个诗行、每行四个轻重格音步形成它的最基本的节奏规律，而前述的那种每一节十四行诗中固定不变的 a b a b c c d d e f f e g g 的韵脚则是它的押韵规律。

虽然汉俄两种语言体系有其极大的差异，但是，我们在翻译这部诗歌作品时，把原作在艺术形式上的这两个主要特点传达给读者还是应该做到的。原诗的每一音步中只有两个音节（在阴韵诗行中最后一个音步多一个非重音音节），在我们用汉语表达时，很难让汉语字数与俄语这种拼音文字的音节数相等，强行做来会因文伤义。经过长期探索和实践，我们发现，可以这样来解决问题：用汉语意群和每一意群中所包含的一次或几次停顿（停顿是相对的，一个意群在朗读时往往可以有超过一次的停顿）所形成的一个或几个词组，来传达原诗的一个或几个音步；用一个词组来表达原诗的一个音节；用每一词组中的一个重读汉字来表达原诗每一音步中的一个重音。事实证明，这样做基本上可以行得通。虽然每一汉语意群或停顿中所包含的汉字字数不同，可能是一个、两个、三个，甚至更多，这使诗行长短参差不齐，但是我们知道，原作每一音步中的字母数并不一样，诗行的长短也是参差不齐的。现在还留下的一个缺憾是，我们还没办法让汉语译文中的重读音像在俄语原作中那样依轻重交替、一轻一重的“轻重格”规律出现。这个缺憾是否能够克服,我的确还不知道,只能在这里求教于高明。不过事实证明,我们现在的译法已经能够让广大读者在阅读翻译文本时更多地接近原作,也使中俄两种不同文字的诗歌之间有了更多交流和借鉴的可能。尽管做来相当地苦,犹如“画地为牢”,或者用前辈翻译工作者的话来说,是“带着镣铐跳舞”。在我们这个译本初版至今的二十多年间,这种译法已经得到普遍的认可,许多读者告诉我说,他们从这样的译文中体会到了原作的某些艺术形式的特点。这样看来,吃这点苦还是值得的。

黑格尔老人在他的《美学》第三卷中说:“诗可以由一种语言译成另一种语言……尽管音调变了,诗的价值却不会受到严重的损害。”不过,要想把一部作品一下子译得尽善尽美是很不容易的,我们的这个译本的第一稿就译了二十年,这回又大大地再修改了一次。不过,我想,只要我们大家继续不断地努力,总有一天我们能够把《叶甫盖尼·奥涅金》以及世界上所有的诗歌杰作全都很好地翻译成汉语,贡献给中国读者。在这里,我要感谢吕荧先生和查良铮先生,他们的译本出现在我的译本之前,他们译文中的成败为我的工作提供了有益的参考。在这一次的校改工作中,我又参阅了目前我国已经出现的其他几位先生的译文,学习他们的优点,汲取他们的教训;我也从几部德语和英语的译本中得到处理文句的启发。美国普林斯顿大学出版的俄裔美国作家纳博科夫先生的英译本和他为《奥涅金》所做的详尽注释给我在理解原作方面帮助很多。谨在这里向这些先生们致谢。

四十多年来,在这件翻译工作中给过我帮助的师友们还有许多,我将在本书的译后记中特意谈到他们。

我还应该感谢你,亲爱的读者朋友,感谢你肯花时间和精力来阅读这个译本。我期望得到你的批评意见,让我在今后再做的校改中,把译文质量进一步提高。

智　量

2003 年 5 月

于上海华东师范大学一村

目录

他非常虚荣，不仅如此，还特别骄傲。由于这个特点，他对自己的善行和恶行都同样无动于衷地承认下来——这可能是一种臆想的优越感造成的后果。

——录自一封私信①

① 原文为法语。

不供傲慢的社交界打发时光，
只为珍爱友谊的盛情厚意，
我原想把友谊的证明向你献上，
我要它更能够配得上你，
配得上你的美好的心灵，
你心灵中充满神圣的梦幻，
充满生动而明丽的诗情，
充满淳朴，充满崇高的思念；
然而就这样了——请你把这本
杂乱的诗章收下，用你偏爱的手；
它们近乎可笑，近乎忧伤，
它们流于粗俗，富于理想，
这是我飘忽的灵感、消遣优游、
我的失眠、我未老先衰的年华、
我的心所见到的件件伤心事
和我的头脑一次次冷静的观察
所结出的一只草率的果实。①

---

① 这是普希金给他的朋友、诗人和批评家彼得·亚历山德罗维奇·普列特尼奥夫(1792—1865)的献词。此人曾积极参与普希金著作的出版事宜。这个献词最初刊印在本书第四和第五章合集的单行本中，从1837年起，一直放在本书全文的首页。

第　一　章[①]

活得仓促，也感受得匆忙。

——维亚泽姆斯基公爵[②]

① 本章于1823年5月9日开始写作，10月22日在敖德萨完成。后来又修改增删，1825年2月18日单行本出版。第一章单独发表时，在前言之后，有一篇题为《书商和诗人的谈话》的诗，最后还有一个注释：

“请注意，这篇文章中所有用虚点表示的空白，都是作者自己空出来的。”

当时的检查制度禁止用虚点表示被检查官删去的地方，所以作者写下这个注释。后来有一段时间，检查官根本不允许用虚点表示任何空白，因此在第四至第七章中，没有表示空白的虚点。到诗人写第八章时，这个规定又取消了。于是虚点又重新出现。

② 彼·安·维亚泽姆斯基(1792—1878)，作者同时代的朋友和诗人，曾以《愤怒》《俄国的上帝》等进步诗篇闻名一时。这行引用的题词在原诗《初雪》中是这样的："青春的急躁在生活中如此轻轻滑过：/活得仓促，也感受得匆忙！"显然它所针对的不是奥涅金的个人特点或性格，而是概括地表现了当时年轻人所共有的情绪。

1

"我的伯父他规矩真大[1],
已经病入膏肓,奄奄一息,
还非要人家处处都尊敬他,
真是没有比这更好的主意。
他的榜样值得让别人领教;
可是,天哪,这可多么无聊,
日日夜夜把一个病人守住,
他的病床你不能离开一步!
这是种多么卑劣的伎俩:
讨一个半死不活的人高兴,
给他去把枕头摆摆端正,
哭丧着脸给他送药端汤,
一边叹气,一边在心里盘算:
哪一天鬼才能叫你完蛋!"

2

年轻的浪子在左思右想,
他正乘一辆驿车在路上飞奔,
宙斯[2]的意志是至高无上,
他成了整个家族的继承人。

---

① 这行诗是戏仿克雷洛夫寓言《驴子和农夫》中的一句写成的,克雷洛夫的原句是:"这头驴子的规矩真大。"

② 宙斯,希腊神话中奥林匹斯山上的众神之王。

柳德米拉和鲁斯兰①的朋友！
请允许我，连个序文也没有，
便把小说的主人公，开门见山，
马上做个介绍，来和你们见面：
我的这位好友，叶甫盖尼，
他正是诞生在涅瓦河畔②，
在那儿您或许显赫过一番，
我的读者，您或许也生在那里；
我也曾在那儿悠闲地散步：
然而北方对于我却有害处③。1

3

他的父亲曾经做过大官，
但却是一向借债为生，
家庭舞会每年三次举办，
终于把家产挥霍干净。
叶甫盖尼总算有命运保佑：
起初一位法国太太④把他伺候，
后来一位法国先生⑤前来替代；
孩子虽是淘气，却也可爱。
阿贝先生⑥是个穷法国人，
他为了不让这孩子吃苦，
教他功课总是马马虎虎，

---

① 柳德米拉和鲁斯兰，普希金的第一部长诗《鲁斯兰与柳德米拉》中的两位主人公。

② 涅瓦河畔，指彼得堡。

③ 此处暗示作者1820年被流放南方。这里句末标示的“1”以及后面各章正文中依次出现的阿拉伯数字，专指普希金本人为这部作品所加的注释，共44条，排在正文第八章之后，请参看。

④⑤⑥ 原文为法语。

不用严厉的说教惹他烦闷。
顽皮时只轻轻责备一番，
还常常带他去夏园[1]游玩。

4

而到了心猿意马的年龄，
到了希望和情愁的时候，
叶甫盖尼长成一个年轻人，
法国先生[2]便被从家里赶走。
瞧，我的奥涅金得到了自由，
他去理发店剪一种最时髦的头，
衣着和伦敦的花花公子[3]2 一般；
于是他便在社交界抛头露面。
他无论是写信或是讲话，
法语都用得非常纯熟；
他会轻盈地跳玛祖卡[4]舞，
鞠躬的姿势也颇为潇洒；
还缺什么呢？大家异口同声
说他非常可爱，而且聪明。

5

东拉西扯、一知半解的教育，
我们大家全都受过一点，
因此，炫耀这个，感谢上帝，

---

① 夏园，彼得堡的一处公园。
② 原文为法语。
③ 原文为英语。
④ 玛祖卡舞，一种波兰民间舞，当时在俄国贵族中流行。

在我们这里并不算困难。
奥涅金,按照许多人的评议
(这些评论家都果断而且严厉),
还有点儿学问,但自命不凡;
他拥有一种幸运的才干,
善于侃侃而谈,从容不迫、
不疼不痒地说天道地,
也会以专门家的博学神气
在重大的争论中保持沉默,
也会用突然发出的警句火花
把女士们嫣然的笑意激发。

6

如今拉丁文已经过时:
真的,如果对您实话实说,
用来读点儿书前的题词,
他懂的拉丁文也还够多,
还能把鲁维纳尔①谈上一谈,
能写个“祝你安好”②在信的后边,
长诗《伊尼德》③也背得几行,
虽则难免有记错的地方。
他不曾有过丝毫的兴致
钻进编年史的故纸堆里,
去发掘地球生活的陈迹:
然而过去时代的奇闻趣事,

---

① 鲁维纳尔,公元一世纪末二世纪初罗马帝国的讽刺诗人。
② 原文为拉丁语。
③ 《伊尼德》——罗马诗人维吉尔(公元前70—公元前19)的长诗。

从罗姆勒[①]开始直到当今，
他全都记得，说来如数家珍。

7

他可没那份崇高的激情
去推敲吟哦，生命在所不惜，
重轻格、轻重格[②]他分不大清，
不管我们为他花多大力气。
他咒骂荷马[③]和费奥克利特[④]，
但阅读亚当·斯密[⑤]却颇有心得，
俨然是个经济学家，莫测高深，
就是说，他还喜欢发发议论：
一个国家怎样才生财有道，
靠什么生存，又是什么理由，
当它拥有天然物产的时候，
黄金对于它也并无需要。
而父亲始终不能理解他，
总是要把田产送去抵押。

8

叶甫盖尼还有些其他学问，
对此我无暇一一缕述；

---

① 罗姆勒，传说中的罗马第一个君主。

② 重轻格、轻重格，俄诗中常用的两种诗行格律，都是两音节为一音步。四步轻重格最为通用。这部作品就是用四音步轻重格写成的。

③ 荷马，公元前100年左右的古希腊诗人，《伊里亚特》《奥德赛》这两部史诗的作者。

④ 费奥克利特，公元前三世纪古希腊田园诗人。

⑤ 亚当·斯密（1723—1790），英国经济学家，资本主义古典经济理论的鼻祖。

然而,他的最为拿手的一门,
他的真正的天才的表露,
他从少年时便为之操劳、
为之欣慰、为之苦恼,
把它整日里长挂在心头,
成天价懒洋洋满怀忧愁、
念念不忘的,却是柔情的学问。
这学问奥维德①曾经歌唱过,
他曾为之受尽人世的折磨,
终于结束他光辉、多难的一生,
远远地离开自己的意大利,
死在莫尔达维亚②荒凉的草地。

9

………………………………
………………………………
………………………………

10

他很早便学会虚情假意,
会隐瞒希望,也会嫉妒,
会让你相信,也会让你猜疑,
会装得憔悴,显得愁苦,
有时不可一世,有时言听计从,

① 奥维德·纳索(公元前43—公元17),古罗马诗人,《爱的艺术》和《变形记》的作者。
② 莫尔达维亚,在里海之滨,奥维德被罗马皇帝奥古斯都放逐在这里。

有时全神贯注，有时无动于衷！
沉默无声时，神情多么惆怅，
花言巧语时，多么热情奔放，
写情书时又多么轻率随便！
就为一件事而活，爱情专一，
他是多么地善于忘却自己！
眼神多么地急速，情意缠绵、
羞怯而又大胆，并且有几回，
还噙着几滴听话的热泪。

11

他多么善于花样翻新，
逗引无邪的心灵惊异，
用现成的绝望来吓唬人，
用悦耳的奉承讨你欢喜；
他颇会运用柔情和头脑，
抓住那含情脉脉的分秒，
征服天真而幼稚的偏见，
攫取情不自禁的爱怜，
恳请和索求爱情的吐露，
谛听心灵最初的音律，
步步为营地把爱心猎取——
突然达到了可以幽会的程度，
随后，便和她单独在一起，
悄悄地教她懂点儿事理！

12

他很早便晓得怎样挑逗
老练的风流娘儿们的心！
当他有意要把他的敌手
从情场上一一扫除干净，
他又会多么恶毒地诽谤！
为他们布下怎样的罗网！
而你们这些幸福的丈夫，
却仍旧和他朋友般相处：
喜欢他的，有个多疑的老汉，
有个福布拉斯[①]多年的学徒，
还有个非常狡猾的丈夫，
还有个长犄角的[②]，他神气活现，
总是对自己非常之满意，
满意自家的饭菜和自己的妻。

13、14

……………………………………
……………………………………
……………………………………

---

① 福布拉斯，法国作家库弗莱（1760—1797）的小说《福布拉斯骑士奇遇记》中的主人公，一个轻浮浪荡的风流人物。

② 长犄角的，俄国人这样称呼妻子与他人私通的男人。

15

往往是，当他还在床上高卧，
已经有人送来一些短柬。
什么呀？是不是请帖？不错，
一共有三家人请他赴宴：
又是舞会，又是孩子过生日，
我的浪荡公子去谁家才是？
究竟先去哪里？这没关系：
每一家全走到也来得及。
这会儿，穿上清晨的便服，
戴顶玻利瓦尔式的宽边帽[3]，
奥涅金乘车去林阴大道，
且在那儿舒畅地散一会步，
直到怀中永不休息的闹表
用铃声把午餐的时刻报告。

16

天色已暗：他乘上雪橇。
“让路！让路！”只听得有人叫喊，
寒霜的粉粒银光闪耀，
把他的海狸皮衣领盖满。
他向塔隆酒店①[4]驰去，他相信

---

① 原作中为加着重号的法语。

卡维林①已经在等他光临。
他来了:瓶塞飞向天花板,
彗星酒②喷涌如泉水一般。
带血的烤牛排③座前恭陈,
香菇,这青春年代的豪华,
法式大菜中一朵最香的花,
还有新鲜的斯特拉斯堡④肉饼,
新鲜的林堡⑤奶酪,金色的菠萝,
各种山珍海味,摆满一桌。

17

他俩真想再痛饮几杯,
把煎肉饼的油腻冲一冲淡,
只听得闹表铃声声在催,
一场新芭蕾已经开演。
他这位号令剧坛的煞神,
出入后台的可敬公民,
见到漂亮女角便会陶醉,
可又朝三暮四,常换口味,
这时候他正向剧院奔来;

---

① 彼·帕·卡维林(1794—1855),革命组织“幸福同盟”的成员。普希金还在学生时代就和他做了朋友。

② 彗星酒,1811年法国南部葡萄丰收,同年秋天又出现一颗非常明亮的彗星。民间迷信,认为这一年葡萄所以好,是因为这颗彗星的缘故;因此在普希金时代,1811年法国南部所产的葡萄酒以“彗星酒”的名称而闻名。

③ 原文为英语。

④ 斯特拉斯堡,法国城市。

⑤ 林堡,比利时城市,以产奶酪闻名。

剧院里,人人都享受着自由,
高兴时,为演员的跳跃①拍一拍手,
给费德尔②、克利奥帕特拉③喝声倒彩,
喊莫伊娜④出来谢幕(其目的,
无非是让别人注意自己)。

18⑤

令人着魔的地方啊！当年冯维辛⑥,
自由之友,勇敢的讽刺大师
和善于模仿的科尼雅什宁⑦,
都曾经在那里显赫一时;
奥泽罗夫⑧也曾经在那里,
跟年轻的谢苗诺娃⑨一起,
接受情不自禁的眼泪和掌声;
也是在那里,我们的卡捷宁⑩

---

① 原作中为加着重号的法语,意为舞蹈中的一种跳跃动作。

② 费德尔,法国悲剧作家让·拉辛(1639—1699)同名悲剧的女主人公。

③ 克利奥帕特拉,古埃及女皇,以美和淫荡著称。此处可能是指莎士比亚的《安东尼与克利奥帕特拉》中的人物。

④ 莫伊娜,奥泽罗夫的悲剧《芬加尔》的女主人公。当时著名的女演员 A. M. 科洛索娃常演这个戏。

⑤ 这一节和下一节是 1824 年以后作者补写的。

⑥ 冯维辛(1745—1792),俄国著名喜剧作家,他的《旅长》《纨绔子弟》是俄国戏剧史上的重要作品。

⑦ 雅·玻·科尼雅什宁(1742—1791),俄国剧作家,写过一些悲剧和喜剧,多为西欧作品的模仿。

⑧ 弗·亚·奥泽罗夫(1769—1816),俄国剧作家,他的《德米特里·顿斯科伊》等悲剧曾轰动一时。

⑨ 叶·谢·谢苗诺娃(1786—1849),俄国著名悲剧女演员,农奴出身,普希金曾热情地评论过她的演出。

⑩ 帕·亚·卡捷宁(1792—1853),俄国诗人,许多高乃依作品的译者。

使高乃依①雄伟的天才复活；
在那里，尖刻的沙霍夫斯科伊②
上演过他一连串热闹的喜剧，
在那里扬过名的还有狄德罗③；
在那里，那里，舞台的侧幕边，
我的青春日子啊，一去不返。

19

我的女神们啊！你们都在何方？
你们都好吗？请听我悲哀的声音：
你们可依然如故？可有别的姑娘
前来接班，代替了你们？
我能否再听到你们的合唱？
能不能够再一次亲眼欣赏
俄罗斯舞神④韵味十足的飞旋？
沉闷的舞台上，我抑郁的两眼
或许再也找不到熟悉的面庞，
当我举起失望的观剧镜，
对准眼前这陌生的人群，
独自把欢乐冷漠地观望，
我只能无言地打个呵欠，
心头暗自去缅怀当年。

---

① 高乃依（1606—1684），法国古典主义悲剧作家。

② 亚·亚·沙霍夫斯科伊（1777—1816），一位多产的俄国喜剧作家，普希金时常参加他家的戏剧界人士聚会。

③ 夏尔勒·路易·狄德罗（1767—1837），当时一位著名的芭蕾舞导演，曾把普希金的一些作品搬上舞台。

④ 舞神，原文音译为“忒耳西科瑞”，希腊神话中九位缪斯之一，主管舞蹈。

20

剧场客满，包厢里灯火辉煌，
正厅和池座中一片沸腾；
楼座里正在不耐烦地鼓掌，
于是，帷幕咝咝价缓缓上升。
只见伊丝托米娜[①]玉立在中间；
她容光焕发，飘飘欲仙，
和着乐队神奇的琴弓，
被围在一大群仙女当中，
一只小脚儿慢慢在旋转，
另一只小脚儿轻轻点地，
忽而纵身跳跃，忽而腾空飞起，
飞啊飞，似羽毛在风神[②]嘴边；
轻盈的细腰弯下又抬起，
敏捷的秀足在相互碰击。

21

掌声不绝。擦过别人的膝盖，
奥涅金走进剧场，挤进池座，
包厢里是些不认识的太太，
他用双筒观剧镜斜眼瞟过；
再把各层席位横扫一遍，
全都看见了：这些面孔、打扮，
都令他非常地不能满足；

---

① 阿·伊·伊丝托米娜（1799—1848），当时俄国著名的芭蕾舞女演员，狄德罗的学生。

② 风神，原文音译为“埃俄罗斯”，希腊神话中的风神。

他跟四边的男士们打过招呼，
目光这才懒懒地落在台上，
显得十分冷漠、心不在焉，
又转过身去——打一个呵欠，
并且说一声："全都该换换花样，
芭蕾舞我早已不想再看，
狄德罗也让我感到厌倦。"5

22

舞台上，魔鬼、恶龙、爱神，
还在跳跳蹦蹦，吵吵嚷嚷；
门廊里，疲惫不堪的仆人
裹在皮大衣里睡得正香；
舞台下，观众还在不停地咳嗽、
嘘演员、擤鼻涕、跺脚、拍手，
剧场里，剧场外，各个地方
还是灯火通明，一片辉煌；
冻僵的马儿在拼命地挣扎，
想要把讨厌的缰绳甩脱，
车夫们正围坐成一圈烤火，
一边搓手，一边把老爷咒骂，
奥涅金却已经退出剧场；
他是要回家去更换衣装。

23

我是否该用忠实的画笔
描绘一下他深居的房间？
这位讲究衣装的模范子弟，

在那儿穿了又脱，脱了又穿。
伦敦善于做服装和脂粉生意，
为了迎合各式各样的怪癖，
把各种商品从波罗的海运来，
换走我们的油脂和木材；
巴黎有一股贪婪的风气，
为满足时髦、奢华和消遣，
又事先看准可以赚钱，
发明出五花八门的东西——
这一切现在全被用来装点
这位十八岁的哲学家的房间。

24

桌上摆设着青铜器和瓷瓶，
琥珀烟斗是皇堡①出产，
雕花水晶罐盛满的香水精，
最讨娇嫩的感官喜欢；
小梳子，小锉子，应有尽有，
小剪刀有直头，也有弯头，
小刷子总共有三十来种，
刷牙齿，刷指甲，用处不同。
卢梭②（我只是顺便提一提他）
当年不了解庄重的格里姆③
怎敢当着他这位雄辩的狂夫

① 皇堡，即君士坦丁堡。

② 卢梭（1712—1778），法国作家、思想家，启蒙时代民主激进派的代表人物，著有《社会契约论》《爱弥儿》《忏悔录》等。

③ 格里姆（1723—1807），法国大百科全书的编者之一，十八世纪后半叶的著名政界人物。

洗刷和修饰自己的手指甲。6
他虽然捍卫过自由的权利，
在这件小事上却毫无道理。

25

一个人即便是严肃认真，
也不妨关心指甲的美观：
习惯是人间的一位暴君，
何必跟时代无益地争辩？
叶甫盖尼是第二个恰达耶夫①，
他最怕人家挑剔和嫉妒，
他讲究衣着，不厌其烦，
是一个所谓的纨绔少年。
他至少要用掉三个时辰，
来照那些大大小小的镜子，
等到他走出自己的化妆室，
飘飘然恰像维纳斯②女神
为赴化装舞会换了件衣裳，
穿上了一套男士的服装。

26

我已经请你们好奇的视线
欣赏过他的最时髦的衣服，
还想在博学的上流人士面前，
再来写一写他怎样装束；

---

① 恰达耶夫（1794—1856），普希金的朋友，进步思想家，《哲学书简》的作者。他非常讲究穿着，这一点曾在朋辈中传为笑谈。

② 维纳斯，罗马神话中爱和美的女神。希腊神话中的名字是阿佛洛狄忒。

当然，这需要有点儿胆量，
不过写作毕竟是我的本行：
但是长裤、燕尾服、坎肩①，
全都不是俄语里的字眼；
然而对不起诸位，我很知道，
即便如此，我这篇可怜的诗
已经夹杂了不少外国的语词，
它们本来应该比这更少，
虽然我早先曾不止一遍
翻查过那部科学院的辞典。

27

而这些都不是当前的话题：
我们最好赶快去参加舞会，
我的奥涅金坐在出租马车里，
正向那儿奔去，急驰如飞。
在那昏昏欲睡的大街上，
一家家房舍漆黑无光，
车水马龙，两盏灯挂在车前，
泻出快活的光线，如流水一般，
灯光映照白雪，似条条彩虹；
一座庄严的府第火烛辉煌，
从窗内向周围发射出光芒；
高大的窗户上人影浮动，
人头的侧影晃去又晃来，

① 长裤、燕尾服、坎肩这些服装都是西欧传来的，因此它们的名称也是外来语，俄国科学院编的《俄国科学院辞典》（1789—1794 年间出版）中没有这些词。作家为了真实地反映生活，认为没有必要把词典奉为戒律，而大胆使用外来语。这些词如今在俄语中都已经通用。

有时髦的怪物，有小姐太太。

28

我们的主人公停车在门旁；
一个箭步擦过看门人身边，
他沿大理石台阶飞步而上，
同时伸手把头发整理一番，
然后跨进门去。大厅里非常拥挤；
音乐的轰鸣声已疲乏无力，
人们正忙着在跳玛祖卡；
到处宾客拥挤，一片喧哗；
近卫军官的马刺锵锵价响；
漂亮太太的小脚不停地飞舞；
跟踪着她们那醉人的芳步，
飞动着一双双火辣的目光，
琴声淹没了摩登妻子①们
饱含嫉妒的窃窃议论。

29

在充满欢乐和希望的往年，
我也曾爱舞会爱得发狂：
表白心意或是传递信件，
再没有比这更好的地方。
哦，你们，可敬的丈夫们，
我谨向你们表示我的忠忱；

---

① 摩登妻子，俄国社会十八世纪出现的用语，泛指上流社会不忠实的妻子。伊·伊·德米特里耶夫（1760—1837）曾写过一篇这样内容的同名小故事。

请务必记住我的这番话:
我是想把你们提醒一下。
还有你们,妈妈们,可要留意,
要把你们的女儿牢牢盯紧:
手中的望远镜可要时刻拿稳!
要不……要不啊,我的上帝!
我所以在这里要这样来写,
因为我早已不再犯这种罪孽。

30

唉!只因为一味地寻欢作乐,
我曾把几多的生命白白浪费!
但如果世风不如此败落,
我会直到今天仍热爱舞会。
我爱那如癫似狂的青春,
爱华丽、欢乐和拥挤的人群,
也爱太太们挖空心思的打扮;
我爱她们的小脚儿,依我看,
走遍整个俄罗斯,您未必能够
找出三双漂亮的女人脚来。
啊!我很久、很久不能忘怀
那两只小脚……尽管淡漠、忧愁,
我却总是记得它们,它们
即使梦中,也在搅动我的心。

31

哪一天,在哪儿,到哪片洪荒,
狂人啊,你才会不再把它们牵挂?

啊，小脚，小脚，如今你们在何方？
你们在哪儿践踏着春天的花？
你们在东方的安逸中娇养，
在那北国的凄凉的雪原上，
你们不曾留下一点儿印迹：
你们喜欢有柔软的毡毯铺地，
一步踏上去，感到气派十足。
曾几何时，为了你们，我把荣耀、
奢华和对赞美的渴求全都忘掉，
也忘掉故乡以及自己身受的放逐！
而青春的幸福早已了无踪影，
如同青草地上你轻轻的脚印。

32

亲爱的朋友！福罗拉①的面容，
狄安娜②的酥胸，实在美妙，
可是，忒耳西科瑞③的脚踵
更有点儿让我神魂颠倒。
它，能够给我的目光
送来一份无价的报偿，
以它合乎规范的美丽
勾起我心头蜂拥的希冀。

---

① 福罗拉，罗马神话中的女花神和花园女神。
② 狄安娜，罗马神话中的月亮和狩猎女神。即希腊神话中的阿耳忒弥斯。
③ 忒耳西科瑞，见本章19节注。

我爱它,我的朋友爱尔维纳[①],
春天,它压着绿草如茵的草原;
冬天,它贴近壁炉温热的铁板,
席间,它放在餐桌的长台布下,
它踏上明亮的地板步入大厅,
它踩住花岗石岸,伫立海滨。

33[②]

我记得暴风雨来临前的大海:
我多么羡慕那滚滚的波澜,
一浪接一浪啊,汹涌澎湃,
满怀恋情地躺在她的脚边;
那时我多么想跟随着波浪,
把嘴唇贴在她可爱的小脚上!
不啊,当生命沸腾的少年时,
当我过着热情奔放的日子,
我也从不曾渴望得如此心痛,
想和年轻的阿尔密达[③]亲一个嘴,
吻一吻她火红面颊上的玫瑰,

① 爱尔维纳,十八世纪末、十九世纪初俄国诗歌中时常遇见的一个假设的名字,曾在普希金作品中出现过几次。

② 这一节诗是 1824 年 6 月在敖德萨写的,同年 10 月在米哈伊洛夫斯克村改定,准备付印。写这节诗时,诗人利用了他的另一篇诗稿《塔夫利达》(1823)。这节诗中有几行,据 M. H. 拉耶夫斯卡娅-沃尔康斯卡娅(H. H. 拉耶夫斯基将军的女儿)在她的一本札记中说,是写关于她的事。

③ 阿尔密达,意大利诗人塔索(1544—1595)的长诗《解放了的耶路撒冷》中的女主人公,这个名字曾被作为一个年轻、美丽而放荡不羁的女郎形象经常出现于当时俄国的诗歌中。

或是吻吻她满怀愁思的酥胸；
不啊，任何时候，冲动的激情
都不曾这样折磨过我的心灵！

34

另有一段时间我永远难忘：
那时，我把那幸福的马镫抓住，
心头激荡起珍贵的幻想……
我感到我手中正有一只秀足，
又一次我的想像开始沸腾，
又一次我的枯萎的心灵
由于摸到它而热血奔流，
又一次恋爱，又一次烦愁……
够啦，再别用絮絮的琴弦
去歌颂那些高傲的美人；
她们既不值得我如此倾心，
也配不上我为她们写下的诗篇；
这些狐狸精的言谈、目光，
都会骗人，和她们的小脚一样。

35

我的奥涅金呢？他昏昏沉沉，
从舞会归来便爬上床铺；
而这时一阵咚咚的鼓声
已唤醒熙熙攘攘的彼得堡。
商人起床了，小贩走上街头，
车夫们也在慢腾腾向停车场走，

送牛奶的奥荷塔[①]女孩正在奔忙，
清晨的雪在她的脚下喳喳价响，
又开始了一日之晨愉快的喧闹；
百叶窗都打开了，青色的炊烟
如同圆柱一般正涌向蓝天；
德国面包师戴顶白布小帽
一如往常，准时地开了张，
已不止一次打开他售货的小窗[②]。

36

而经过一夜舞会的喧嚣，
这位欢乐和奢华的顽童
已精疲力尽，便把昼夜颠倒，
在幸福的庇荫下静静入梦。
一觉睡到午后，再周而复始，
直到清晨，过着同样的日子，
同样地单调，同样地花哨，
而明朝依然如此，一如前朝。
但是我的奥涅金，无拘无束，
享受着这美好的青春时光，
尽管情场得意，战果辉煌，
他是否真正地感到幸福？
纵情饮宴，无灾无病，无所用心，
他这样是否在浪费光阴？

---

① 奥荷塔，彼得堡附近一个产牛奶的地区。
② 原文为德语词汇的俄语音译。

37

不啊，情感在他心中早已僵冷；
他早已厌弃社交界的喧嚷；
美人儿他或许会一时钟情，
却不是他长久思念的对象，
一次次的变心早已使他厌倦；
友谊和交情已经令他心烦，
因为他不可能一年到头
总是这样喝喝香槟美酒，
吃吃牛排[①]和斯特拉斯堡肉饼，
把自己灌得个昏头涨脑，
再去发一通满腹的牢骚。
尽管公子哥儿有如火的性情，
可是斗殴、佩剑和铅弹，
他已经终于不再喜欢。

38

患上这种病是什么原因，
早就应该去查一查究竟，
这很像是英国的抑郁病症，
总之这种俄国式的忧郁病
逐渐逐渐地控制了他；
谢天谢地，至于自杀
他还没打算去试一试看，
但他对生活已完全冷淡。

---

① 原文为英语。

像恰尔德·哈罗德[1]那样阴沉，
当他在别人家的客厅里出现；
波士顿纸牌，社交界的流言，
多情的顾盼，傲慢的叹息声，
任何东西都打动不了他的心弦，
他对面前的一切都看不上眼。

39、40、41

……………………………
……………………………
……………………………

42

上流社会的诸位女妖怪！
他最先抛开的就是你们；
说真的，在我们这个时代，
那些高尚谈吐真叫人烦闷；
虽然，或许有一些才女
也会谈点儿边沁[2]或沙伊[3]，
但一般来讲，她们的那些胡诌
虽是天真无邪，却真叫人难受；
何况她们又都显得那样清白，

① 原作中为加着重号的英语：Child-Harold。英国诗人拜伦（1788—1824）的长诗《恰尔德·哈罗德游记》中的主人公。

② 边沁（1748—1832），英国法学家，工业资产阶级的理论家，马克思称他是“布尔乔亚狭小意识的、学究样清醒的、多嘴的辩士”。

③ 沙伊（1767—1832），法国自由主义资产阶级经济学家。当时俄国先进的青年们（主要是后来的十二月党人）都读他和边沁的作品。这些上流社会的轻浮女性也拿谈论他们当作时髦。

那样庄重,那样伶俐聪明,
那样笃信上帝、满怀虔诚,
那样小心谨慎,那样正派,
那样地让男人不敢去亲近;
一张面孔就足够让你害上忧郁病 7。

43

还有你们,漂亮的姑娘,
你们这些直到夜半时分
还在彼得堡宽阔的大街上
驾一辆马车飞驰的女人,
我的奥涅金也早把你们抛弃。
他如今已不再花天酒地,
他闭门家中坐,深居简出,
一边打呵欠,一边著书。
他想写一点儿东西——只是
不懈的劳动他感到难挨;
他笔下一个字也写不出来,
他没进入那个闹哄哄的班子①,
对那个班子,我不敢妄加品评,
因为我自己也属于他们一群。

44

于是这个无所事事的人
痛感自己心灵中空空荡荡,
他坐下来——想学点别人的聪明,

① 班子,原文是 цех(行会),这是作者对当时作家们的一种戏谑说法。

这个目的倒是值得夸奖；
书架上摆满了成排的书，
他读来读去，什么道理也读不出：
有的枯燥乏味，有的胡诌骗人；
这一本毫无意义，那一本是诛心之论；
每本书都带有自己的锁链；
陈旧的东西早已经衰老，
新东西也都哼着旧的腔调。
他便把书抛开，像抛开女人一般，
给书架和尘封的书的家族
蒙上一块丝织的遮尸布。

45①

像他一样避开浮华的人生，
摆脱掉社交界规约的重担，
我那时和他建立了友情。
我爱他身上的种种特点，
爱他对幻想的忠贞不移，
爱他那无法仿效的古怪脾气，
和他那锐利而冷静的智慧。
那时我愤激，而他则紧皱双眉，
两人都尝过情场变幻的味道；
两人都经受过生活的折磨，
两人都已燃尽了心头的火；
在我们两人生命的清早，

① 这一节中对奥涅金的描写和诗人另一篇作品《恶魔》（1823）相似，难怪在第八章第12节中作者曾提到《恶魔》。有人说《恶魔》中的原型是他的朋友 A. H. 拉耶夫斯基，普希金曾经否认这一点。但无论如何在这节诗中和《恶魔》中，作者是在反映当时先进社会青年们的一种心理的和思想的特征。

盲目的福耳图那[①]和世上的人
已经心怀恶意地在等待我们。

46

谁生活过、思考过,谁就不可能
不在灵魂深处傲视人寰;
谁有过知觉,永逝的岁月幽灵
便会不时来拨动他的心弦:
他已不再为任何事着迷,
回忆的蛇蝎将不给他休息,
悔恨将会不停地去噬咬他。
而这一切却往往能使谈话
变得非常美妙,非常动人。
起初奥涅金的那根舌头
让我感到惶惑;而天长日久,
我对他出言不逊的争论,
他半含辛酸、半含诙谐的笑谈,
和他恶毒阴郁的警句,也逐渐习惯。

47

夏日里往往有这种情景:
涅瓦河上空那夜晚的天
如此地光辉、如此地透明8,
就连河水那愉快的镜面
也映不出狄安娜女神的玉容;
回忆起昔日的艳遇种种,

① 福耳图那,罗马神话中的命运女神,即希腊神话中的堤喀。

回忆起当年的一段恋爱，
我们又感到淡漠，忧伤满怀，
夏夜以它善良的呼吸
令我们默默地悠然忘情！
仿佛一个囚徒，在迷茫的梦境，
走出牢狱，被送进绿色的森林里，
幻想就这样带领着我们
回到了青春生命的早晨。

48

叶甫盖尼站在那儿冥想，
倚着花岗石砌就的河堤，
他心头充满种种的怅惘，
恰似是诗人笔下的自己9。
四周静悄悄；只听见守夜人
彼此间喊叫着遥相呼应；
远处辚辚的车轮声会突然
从密利翁大街①传到耳边；
惟有一只小船，挥动双桨，
在昏睡的河面上轻轻划过：
一声号角和一支豪迈的歌
从远方传来，令人心神荡漾……
不过，尽管有这些夜晚的欢娱，
更迷人的，还是塔索②八行诗的旋律！

---

① 密利翁大街，彼得堡冬宫区的一条大街。

② 塔索(1544—1595)，见本章第33节第27页注③。八行诗是源于意大利的一种欧洲诗律。

49

啊，布伦塔，亚德里亚①的波澜！
我一定要去把你们探望，
我心头将重新充满灵感，
当我听到你们富有魔力的声响！
阿波罗②的子孙认为这声音神圣；
我借助阿尔庇翁③骄傲的竖琴
熟悉了它，它对我像亲人一般。
在那意大利的金色的夜晚，
我自由自在地享受着柔情，
身边是一位威尼斯少女，
她时而喋喋不休，时而默默无语，
我和她共乘一只神秘的游艇；
我的双唇，由于有她做伴，
获得了爱情和彼特拉克④的语言。

50

它会到来吗，我的自由的时机？
是时候了，来吧！——我向它呼唤；
我徘徊海滨 10，等待好天气，

---

① 布伦塔是意大利的一条河流的名称，亚德里亚是意大利所在海域的名称。这几行诗表现出普希金希望离开俄国到外国去呼吸自由空气的心情。

② 阿波罗，希腊神话中的太阳神，主管光明、青春、医药、畜牧、音乐和诗歌等。阿波罗的子孙指诗人。

③ 阿尔庇翁，英国的古称（原意为“高高的海岛”）。“阿尔庇翁骄傲的竖琴”指拜伦《恰尔德·哈罗德游记》第四章而言。

④ 彼特拉克（1304—1374），意大利诗人，以其十四行诗闻名。普希金在这部作品中曾三次提到他。其他两次见本章第 58 节和第六章题词。

我招呼那些过往的船帆。
哪一天我才能自由地航行，
与海浪争论，以风暴裹身，
在大海的坦途上随意奔跑？
这里的元素①对我并不友好，
我早该抛弃它沉闷的海岸，
去南方大洋那静静的涟漪中，
头顶我的阿非利加②的晴空 11，
为阴霾的俄罗斯发一声悲叹；
我在俄罗斯有过痛苦，有过爱情，
我在俄罗斯埋葬了我的心灵。

51

奥涅金原打算和我一起
去周游异邦，见一见世面；
而不久，命运使我们分离，
分离之后，很久没有再见。
那时他父亲一命呜呼，
一大群贪得无厌的债主
全都跑来找到奥涅金。
他们各有一套谋略和本领：
奥涅金却厌恨打官司的麻烦，
他随遇而安，乐天知足，
把遗产全部交给他们算数，
蒙受多大损失他也不管，

---

① 元素，指大海。普希金曾不止一次用“元素”这个词表示大海所蕴涵的自然力。普希金当时住在里海边上的敖德萨城，身受流放，又受到当地长官沃伦佐夫的恶待，因此这样说。此时普希金曾有逃往国外的念头。

② 普希金祖上有非洲人的血统，因此他把非洲称为“我的阿非利加”。

或者是，这之前他早已知情，
年迈的伯父即将寿终正寝。

52

突然间他当真收到一封
领地管家送来的报告，
伯父卧床不起，眼看寿终，
为诀别希望他快点赶到。
读过这封悲哀的书信，
叶甫盖尼立即乘驿车启程，
快马加鞭地奔去会面，
然而他半路上就打起呵欠，
为了钱，他准备去叹息几声，
忍受几天烦闷，欺骗一番
（我们的小说便从这里开端）；
但是，当他到达伯父的乡村，
他发现，作为奉呈给大地的贡献，
伯父已经被放在一张桌子上面。

53

他发现，庭院里奴仆成群；
死者生前的朋友和仇敌
也都从四下里赶来送殡，
这些人都很乐意参加葬礼。
大家一齐动手把死人埋掉。
僧侣、宾客个个酒足饭饱，
然后郑重其事地作鸟兽散，
似乎一件大事情已经办完。

于是我们的奥涅金变成了乡下人，
工厂、森林、土地、河流，
一切都归他全权所有，
他一向蔑视习俗、挥霍成性，
如今则非常开心，旧的生活路线，
多多少少总可以改变改变。

54

一处偏僻冷清的田庄，
静静的小溪中水声潺潺，
葱郁的橡树林一派阴凉，
头一两天他真是感到新鲜；
第三天上，山岗、田野、丛林，
已经不再能占住他的心；
再过几天，只能给他催眠；
再过几天，他清楚地发现，
同样地烦闷啊，即使是在乡下，
虽然这里没有大街和宫殿，
没有轿式马车、舞会和诗篇。
忧郁病依然忠实地守候着他，
紧紧地跟随他，寸步不离，
像影子，也像一位忠实的妻。

55

我生来为了过安谧的生活，
为了享受乡村的幽静：
在荒野中，创作的梦想更活泼，
竖琴也会发出更响亮的声音。

我醉心于坦然的闲散，
漫步踏上荒芜的湖岸，
优哉游哉①就是我的法令。
每天清晨我从梦中苏醒，
只为享受自由和甜美的安闲：
我读书很少，睡觉很多，
浮云般的虚名我不去捕捉。
难道不是吗，过去这些年，
我默默无闻，无所事事，
消磨了我的最幸福的时日？

56

鲜花，爱情，乡村，悠闲的生活，
田野！我迷恋你们，全心全意。
但我总喜欢指出，奥涅金和我
两人之间有着怎样的差异，
以免某位喜欢嘲笑的读者，
或者是某位先生，他喜欢饶舌，
便去散布些挖空心思的流言，
说是在这里发现了我的特点，
过后又昧良心地去反复宣称，
说我是在给自己涂抹肖像，
如同骄傲的诗人拜伦一样——
似乎我们就没有可能
写几部关于别人的长诗，
要写就得写自己的故事。

---

① 原文为意大利语。

57

所有的诗人——顺便说一声——
都跟虚幻的爱情交上朋友。
往往有一些我所爱的身影
来到我的梦中，于是我心头
便珍藏着它们隐秘的形象；
过后，缪斯又使它们活在纸上：
于是就这样，无忧无虑的我，
便为山中的少女①，我的理想而歌，
也歌唱沙尔吉河畔的女囚徒②。
如今，我经常，我的朋友们，
听见你们这样向我发问：
“你的竖琴在为谁怨诉？
在这群妒妇当中，你对哪一个
奉献出你的竖琴所唱的歌？

58

谁的顾盼激发着你的灵感，
用脉脉柔情酬答你的歌声？
你的歌声总是那么抑郁缠绵。
你的诗又把谁奉若神灵？”
说真的，没有谁，我的朋友！
我曾经悲戚地在我心头

---

① 山中的少女，指作者另一篇长诗《高加索的俘虏》中的车尔凯斯女郎。

② 沙尔吉河畔的女囚徒，指作者另一篇长诗《巴赫奇萨拉伊的喷泉》中的女主人公玛利亚和莎莱玛，在普希金的诗歌中，“沙尔吉河”是泛指克里米亚地区的河流。

体验过爱情疯狂的惊痴。
有种幸福的人，会把热烈的诗
和这种惊痴糅合在一处：
他踏着诗人彼特拉克的脚印，
使诗中神圣的梦呓倍增，
自己心头的苦也得以平复，
同时还借此博得一番名声，
而我呢，恋爱时，却又哑又蠢。

59

爱情消逝了，缪斯出现，
我昏迷的头脑开始清醒。
我自由了，重又设法缀联
迷人的音韵、思想和感情；
我写着，心儿已不再悲伤，
忘情地写，也不再只写半行
便用笔在稿纸上把人像乱涂，
或是画上一双女人的秀足；
熄灭的灰烬已不会复燃，
我仍将悲伤，但不再哭泣，
很快很快，风暴的痕迹，
将在我心灵中烟消云散：
待到那时，我便要开始
写一部二十五章的长诗。

60

我已经想过结构的模样，
想过主人公该怎样称呼；

我的小说的起首一章
到这里已暂且告一结束；
我把它严格地从头读过；
其中的矛盾的确很多，
然而我不想再做修改；
我要还清欠检查官的宿债，
我也要把我的劳动果实
奉献给评论家去咀嚼一番。
我的这部新诞生的诗篇，
你且去涅瓦河岸走上一次，
去为我赢来应得的名声——
曲解、咒骂和阵阵的喧腾！

第　二　章①

啊，乡村！

——贺拉斯②

啊，罗斯！③

① 普希金写完第一章后，立即开始写第二章，1823 年 12 月 8 日写完。1824 年他又曾补充和删改过。这章单独出版是在 1826 年 10 月。作者当时注明："写于 1823 年"。1830 年 5 月第二次印刷。

② 第一个题词引自罗马诗人贺拉斯（公元前 65—公元前 8）的《讽刺诗》第 2 部第 6 节。原文为拉丁文：O rus！（意为："啊，乡村！"）普希金利用这句话和下一句俄语的"啊，罗斯！"在发音上的巧合，痛苦地暗示他在 1824 年 8 月 9 日至 1826 年 9 月 4 日这段流放农村的日子中的所见所闻。

③ "罗斯"是俄罗斯的古称，这是一种对祖国更为亲切的称呼。俄国诗人们常这样使用。

1

叶甫盖尼住厌的那个乡村，
是一处景色秀丽的所在；
爱好天然乐趣的朋友们，
来此许会感谢上帝的安排。
一座幽静的地主庄园，
它的屏风是一座大山，
门前一溪清流。眺望远方，
色彩斑驳，一片繁荣景象，
那是牧场和金色的农田，
和几处疏疏落落的村庄；
牧场上四处游荡着牛羊，
一座巨大的荒芜的花园，
绿树铺开宽阔的浓荫，
遮蔽着沉思的森林女神①。

2

这是一座高贵的府第，
建造得像一切宅邸一样：
出色地牢固而又静谧，
表现出古代的匠心、风尚。
到处是高大宽敞的居室，
客厅里裱糊着绢制的壁纸，

① 森林女神，原文的音译是德律阿得斯，希腊神话中的树仙，森林女仙。

墙上挂满历代沙皇的肖像,①
各色瓷砖镶嵌在壁炉两旁。
我不知道究竟是什么原因,
这一切如今都已经过时;
不过,对这些陈设和装饰,
我的这位朋友他并不关心,
因为他总归是呵欠不止,
无论大厅是新式还是老式。

3

他就在那间屋子里住下,
在这里,村居多年的老人②,
四十来年,跟女管家吵架,
打打苍蝇。或是对窗出神。
一切都很朴素:地板是橡木,
桌子、羽毛沙发和两张大橱,
满屋里找不到一点墨水污痕。
奥涅金打开了两扇橱门:
在一只橱里,他发现一本账簿,
另一只橱里是成排的露酒,
和几罐苹果汁,此外还有
一本一八〇八年的历书③:
老头儿有许多的事情要管,
别的书他望也不望一眼。

---

① 手稿中对这一行诗有一个附注:"供检查官选用,原句应为'墙上挂满历代祖宗的肖像'。"结果检查官果真采用了现在这一句。

② 指奥涅金死去的伯父。

③ 故事发生在1820年(全书结束是在1825年春天),这个老头儿却还在读十二年前的历书。

4

独自住在自己的领地上，
只不过为了要消磨时间，
我们的叶甫盖尼首先便想
制定出一套新的条款。
隐居的圣人在自己的荒村里，①
采用较轻的地租制，用它代替
古老的徭役制度的重负，②
农奴们因此为命运欢呼。
有一个很会盘算的邻居，
认为这将给自己带来害处，
在一旁对他又气又怒。
另有人冷冷一笑，心怀诡计，
于是大家一致地承认：
他是个极其危险的怪人。

5

起初大家常来登门拜访；
然而每当路边传来他们
乡下马车的辚辚声响，
他通常总是让他的仆人
牵来一匹顿河种的坐骑，
从后门悄悄地溜之大吉——

① 这一行在草稿中是：隐居的自由播种者在自己的荒村里。
② 徭役制即农奴为地主服役，地租制是向地主交付一定数量的实物或现金以减免劳役。虽然同样是残酷的剥削，但后者使农奴可以稍有自由。在当时，这是一种进步的表现。

这种行为让大家感到难堪，
和他的交往便就此中断。
“我们的邻居太无知，是个狂人，
他参加了一个什么共齐会①；
他只会喝红酒，还要用大杯；
他从不把太太们的手儿吻一吻；
他光说‘是’‘不是’，连‘阁下’都不加。”
这便是大家对他一致的看法。

6

恰当此时，又有一位地主
马蹄嗒嗒来到自己的庄园，
邻居们习惯于评头品足，
也给他同样严格的评判。
他名叫弗拉基米尔·连斯基，
一副十足的哥廷根②神气，
正当青春年少，相貌英俊，
是个康德③的崇拜者和诗人。
他从烟雾弥漫的德国④
把学问的果实带回家乡：
爱好自由的种种幻想，

---

① “共齐会”应该是“共济会”。这些土地主把它无知地误读了。此处译作“共齐会”，以示音误，也表示它的毫无意义。“共齐会”这个词不是普希金的创造，是同时代的剧作家格里鲍耶多夫在他的《智慧的痛苦》中首先使用的。在该剧中，一位莫斯科贵族用这个词来评论剧中的正面主人公恰茨基。共济会是当时西欧的一种宗教秘密组织，传入俄国后，被先进青年们利用来宣传反沙皇思想。因此一般人认为共济会员是危险人物。1821 年亚历山大一世下令禁止了这个组织。

② 哥廷根，德国城市，1737 年哥廷根大学成立，从此闻名欧洲。

③ 康德(1724—1804)，德国唯心主义哲学奠基人之一，对哥廷根大学的教授们有很大影响，当时的俄国留学生也通过这些教授受到了他的影响。

④ 指当时在德国占统治地位的唯心主义哲学思潮。

热烈而又相当古怪的性格，
永远洋溢着热情的谈话，
直垂到双肩的黑色鬈发。

7

上流社会冷酷的淫乱
尚不曾使他心灰意冷，
他心头依然热烈地充满
友谊的温暖和姑娘的爱情；
他的心地依然纯洁无瑕，
希望在亲切地抚慰着他，
世上的声色犬马、新奇巧妙，
仍在诱惑着他年轻的头脑。
对自己胸中涌现的怀疑，
他用甜美的梦来一一打消，
我们活着为了什么目标，
这对他是一个诱惑性的谜，
他曾绞尽脑汁，思索再三，
并且企盼着奇迹的出现。

8

他相信，有一个可爱的灵魂，
必定会与他结合在一起，
这灵魂正朝朝暮暮、忧思如焚，
期待着他，为他伤心地叹息；
他相信他的朋友都甘心情愿，
为了他的荣誉去承受锁链，
如果需要敲碎诽谤者的脑袋，

他们的手决不会发抖躲开；
他相信，命运已经选定一些人，
让他们成为人类神圣的朋友，
他们结成的家族永存不朽，
他们的光芒终将照射到我们，
那不可抵御的光芒啊，总有一天
会把幸福赐给人间。

9

对幸福纯洁由衷的爱慕，
心头的义愤，满腔的同情，
为荣誉而受的甜蜜的痛苦，
早已使他的热血不能平静。
他怀抱竖琴在世上游逛，
来到席勒①和歌德的家乡，
他们诗篇中的熊熊火焰，
将他的一颗心立即点燃；
崇高的女神们掌管的艺术②，
从不曾被这位幸运儿辱没：
他骄傲地唱着自己的歌，
他把美妙、庄严的纯朴，
把处子梦幻的阵阵喷涌，
把永远崇高的情感，珍藏在歌中。

10

他歌唱爱情，对爱矢志效忠，

---

① 席勒（1759—1805），德国诗人。
② 指诗歌。

他的歌声是那么清澈明朗，
好比婴儿枕边的甜梦，
好比天真姑娘的种种遐想，
好比澄静天空中的月轮，
那爱情隐秘与叹息的女神；
他也歌唱过离别和悲伤，
歌唱某个什么和迷雾的远方，
也歌唱浪漫主义的玫瑰；
他还歌唱那些遥远的国度，
在那儿，他曾长久地居住，
在寂静的怀抱中流过热泪；
他也歌唱生命褪色的花朵，
当他连十八岁还不曾度过。

11

在这片荒野中，惟有叶甫盖尼
一个人能赏识他的才华；
邻近村子里乡绅的宴席，
丝毫也不能取悦于他，
他避开他们嘈杂的议论。
他们的谈论真可谓高深，
又谈割草，又谈喝酒，
又谈自家的亲戚，又谈养狗，
自然，闪耀不出诗的火花，
也不会闪耀出什么感情，
既不机智，也不聪明，
更没有交际场中的那套典雅；

不过他们那些娇妻之间的言谈
和他们的聪明相比，还差得很远。

12

连斯基既漂亮而且有钱，
到处都待他像娇客一样；
这就是那种乡下人的习惯；
大家都想把待嫁的姑娘，
许给这位**半土半洋的邻居**①；
只要他一踏进某家的门里——
人们便立刻改变了话题，
谈起独身生活是多么孤寂；
请这位邻人在茶炊旁坐定，
而杜尼娅便过来为他斟茶；
有人小声对她说："当心，杜尼娅！"
然后又有人送上一把六弦琴，
她便尖声地唱起来（我的天哪！）：
请到我金色的殿堂里来呀！……12

13

可是连斯基当然无心
跟他们套上婚姻关系，
他却由衷地愿意跟奥涅金
建立起更为亲密的友谊。
他俩交上朋友。水浪与顽石，

---

① 原文为斜体字。

冰与火，或者散文与诗，
都没有他们间这样的差异。
起初，由于相互间的距离，
他们两人都感到烦闷；
后来，彼此逐渐有了好感，
每天都骑着马儿前来会面，
于是很快便亲密难分。
就这样，人们（我承认以我为首）
由于百无聊赖，便成为朋友。

14

而我们间连这种友谊也难寻觅。
我们把一切人全当作零看，
能够算作壹的只有我们自己，
我这话不包含一丝儿偏见。
我们全都在向拿破仑看齐；
成千上万个两只脚的东西，
对于我们不过是工具一件，
我们认为感情滑稽而且野蛮。
叶甫盖尼比起许多人已不算坏；
虽然他，当然咯，非常了解人，
并且一般说也瞧不起他们——
不过任何事都有个例外，
有些人他还是颇为垂青，
他也能够尊重别人的感情。

15

他在听连斯基讲话，面带微笑。

诗人的谈吐那么热情奔放，
他的思绪那么模糊动摇，
还有那永远闪烁着灵感的目光——
这一切都让奥涅金感到新鲜：
他尽量设法在自己嘴边
压住冷言冷语，不吐出来，
他想：我何必愚蠢地妨碍
他享受这片刻之间的快乐；
没有我他也会有清醒的一天；
让他且相信世界的美满，
且这样在世上生活生活；
我们应该原谅年轻的狂热、
年轻的冲动，和年轻的胡扯。

16

一切都会使他们两人吵架，
一切都会引起他们的思索：
过去种族之间的约法①，
科学的成果，善与恶，
以及世代相传的偏见，
以及坟墓中宿命的疑难，
接着便是人生和命运②——
一切都遭到他们的议论。
有时，当诗人忘乎所以，
他会在兴奋的议论中间
朗诵几段北国③的诗篇；

① 这里指卢梭的《社会契约论》。
② 人生和命运，在草稿中是“沙皇的命运”。
③ 北国，普希金时常把俄国称作“北国”。

这时,宽宏大量的叶甫盖尼
总是对这位年轻人洗耳恭听,
尽管有许多地方他不知所云。

17

然而关于激情的种种问题
更常占据两位隐士的思想。
奥涅金已躲开它们狂暴的权力,
因此一谈到激情,他往往
不由得发出惆怅的慨叹。
幸福的是,体验过情海波澜,
到头来终于把它们甩开的人;
更幸福的是,不知何为爱情,
或者会用分手使爱情变冷,
会用咒骂来排遣仇怨,
陪朋友和老婆打打呵欠,
而不为嫉妒的痛苦烦神,
不把祖宗留下的可靠本钱,
在不稳当的赌桌上去冒风险。

18

当我们逃脱种种激情的威胁,
投身于理智宁静的大旗之下,
当激情的烈火终于熄灭,
它们的任性也罢,冲动也罢,
抑或是这以后的飞短流长,
对我们都变得滑稽而荒唐。
我们总算是做到了温顺沉静,

可是我们间或也喜欢听听
别人在激情中的胡言乱语，
这些话也会打动我们的心。
恰似一位退伍的残废老兵，
被世人遗忘在他的茅草屋里，
喜欢倾听年轻人翘着小胡子
大谈自己驰骋疆场的故事。

19

然而，那烈火一般的青春
无论什么事都隐藏不住。
悲伤、欢乐、仇恨、爱情，
它都准备要一一倾吐。
自认为是一个情场伤兵，
奥涅金神色庄重地聆听
爱作心灵表白的连斯基
倾吐他内心忏悔的隐秘；
他把自己轻信的良知
天真坦率地表露无遗。
奥涅金轻易地便已知悉
他朋友的幼稚的恋爱故事，
这故事虽然讲述得充满情感，
但是对我们却早已不再新鲜。

20

啊，他在爱，在我们的年龄
人们早已经把爱情抛开；
只有诗人的疯狂的心灵

注定了还要去谈情说爱：
他随时随地都只有一种幻想，
一种习以为常的愿望，
一种习以为常的哀怨。
无论是逐渐淡忘的遥远，
无论是成年累月的别离，
无论是献给缪斯的时刻，
无论是他乡异域的景色，
无论是学问或喧哗的嬉戏，
都无法使他的心灵改变，
他心中燃烧着童贞的火焰。

21

青春年少，没尝过爱的痛苦，
他已经满怀着柔情蜜意
做了奥尔加裙下的俘虏，
欣赏着她的稚气的游戏；
在那浓荫如盖的橡树林间，
伴随她一块儿愉快地游玩，
他们的邻居兼朋友的父亲，
早已谈妥了孩子们的婚姻。
在偏僻的乡村，宁静的天地间，
她天真烂漫，大放异彩，
在自己双亲的眼面前绽开，
好似一朵幽谷中的铃兰，
隐藏在茂密的青草丛中，
瞒过了蝴蝶，也瞒过了蜜蜂。

22

是她把青春欢乐的梦幻
生平第一次带给了诗人，
他的芦笛的第一声咏叹
由于思念她才获得灵性。
永别了，金色年华的嬉戏！
他爱上茂密丛林的绿意，
爱上了寂静，爱上了孤单，
也爱上月亮、星星和夜晚——
月亮啊，那盏天际的明灯，
为了它，我们曾经奉献出
夜色苍茫时的多少次漫步、
眼泪和隐含痛苦的欢欣……
然而如今我们却只把月亮
用来代替街头昏暗的灯光。

23

她总是那样地温柔和顺，
总是快乐得像早晨一般，
纯朴得像是诗人的生命，
又像爱神的吻那样香甜，
一双眼睛蓝得恰似天空，
棕色的鬈发、微微的笑容、
举止、声音、窈窕的细腰——
奥尔加的一切……不过只要
顺手拈来任何一部长篇，
你准能找到她的肖像：

非常可爱;从前我也欣赏,
然而现在我对它极其厌倦,
我的读者,还是请允许我
把她的姐姐来说上一说。

24

她的姐姐名叫达吉雅娜……13
随便用这样的一个名字
使小说柔情的篇章出神入化,
在我们这里这还是头一次。
但是有什么不好?它悦耳、响亮;
而我知道,它定会令人联想
丫鬟、使女,或是古人!
我们大家都应该承认:
我们的身上缺少美感,
甚至连姓名也是如此
(也就更不必谈什么诗);
教化跟我们还不大沾边,
我们从它只学到矫揉造作——
除此之外,没有学到更多。

25

反正是,她名字叫达吉雅娜。
她没有妹妹的那种美丽,
没有妹妹红润鲜艳的面颊,
她一点儿也不引人注意。
她忧郁、沉默、孤傲不群,
像只林中的小鹿,怕见生人,

她在自己的爹妈身边，
仿佛领来的养女一般。
无论对爸爸或是妈妈
从不会表现得娇柔亲昵；
自己还是个孩子，却不欢喜
在孩子群中蹦跳玩耍，
她经常一个人整天、整天，
默默无声地坐在窗前。

26

沉思冥想作为她的友伴，
从她在摇篮中便已开始，
在她村居闲暇的时间，
她用幻想点缀她的日子。
她的纤纤十指没摸过针线，
她也不曾俯身在绣架上面
用缕缕细丝刺出花纹，
使一块素布栩栩如生。
人们往往会有种管人的意愿：
她从小便喜欢抱个听话的玩具，
跟它逗着玩儿似的演习
那上流社会的礼仪规范，
还把妈妈的教诲讲给它听，
态度十分庄重，一本正经。

27

然而即使布娃娃，这几年里
达吉雅娜也不再捧在手上；

不跟它谈城里来的消息，
也不跟它谈时髦的衣装。
她已厌弃孩子们淘气的游戏；
倒是那些骇人听闻的传奇，
在那冬天的漆黑的夜晚，
更能够拨动她的心弦。
有时奶妈为使奥尔加欢喜，
把她的小朋友全都带上，
一同去畅游那广阔的牧场，
她也不参加她们的捉人游戏，
她厌烦她们大声的欢笑
和她们轻浮、喧嚣的打闹。

28

她喜欢站在她的小阳台上，
静静等候朝霞的出现，
那时，地平线上一片苍茫，
星星的圆舞正渐渐消散，
大地的边缘在悄悄转亮，
黎明的使者——微风，在荡漾，
一个新的日子正步步降临。
冬天，当漫漫长夜的阴影
把半个宇宙长久捏在手中，
天空迷雾朦胧，月色悠悠，
疏懒的寂静笼罩得也更为长久，
怠惰的东方仍在安享甜梦，
而她，却在习惯了的时辰，
燃一支蜡烛，穿衣起身。

29

小说从很早起她就迷恋，
取代了她心中一切的东西；
理查逊①的小说她很爱看，
卢梭的小说②她也欢喜。
她父亲是一位好好先生，
一个停留在上一世纪的人，
但并不认为读书有害无益；
他本人可从来不读一句，
他认为书籍是空洞的玩物，
而且他也并不操心去管
整夜里，在他女儿枕边，
藏着一本什么秘密的书。
至于他的妻子呢，她自己
就爱理查逊爱得入迷。

30

这位太太喜欢理查逊，
并非是因为读过他的书，
也不是因为她对格兰狄生③
比对勒甫雷斯④更为倾慕[14]；
只是由于阿林娜公爵夫人，

---

① 理查逊(1689—1761)，英国小说家，创作过一些描写家庭生活的劝善小说。代表作有《帕美拉》《克拉瑞萨》《格兰狄生》等。

② 此处指卢梭的几部小说：《爱弥儿》《新爱洛绮丝》等。

③ 格兰狄生，理查逊的小说《格兰狄生》中的主人公。

④ 勒甫雷斯，理查逊的小说《克拉瑞萨》中的主人公，一个专门玩弄女性的年轻人。

她的那位莫斯科的表亲，
从前常对她提起这些人物。
那时，她现在的这位丈夫
还是未婚夫，她嫁他是身不由己；
另有一个人让她朝思暮想，
此人无论是头脑、心肠，
都比她的丈夫更讨她欢喜：
她的格兰狄生是个近卫军士，
是一位赌徒和出名的浪子。

31

跟他一样，她那时的衣着打扮
总是最时髦而且合身；
但是，并不曾征求她的意见，
姑娘就被带去跟别人结婚。
为了排遣妻子心头的悲哀，
聪明的丈夫决定立即走开，
马上动身返回自己的乡村。
那儿天知道周围是些什么人，
起初她也曾发怒、哭泣，
差点儿没有跟丈夫离婚；
后来，家务事占住她的心，
习惯了，于是也就变得满意。
老天爷把习惯赐给我们：
让它来给幸福做个替身15。

32

她心头难以言喻的伤悲，

也在习惯中渐渐消散；
很快地她完全得到安慰，
由于一个巨大的发现：
在生活的忙碌和闲暇里，
她发现一个宝贵的秘密，
学会了专横地把丈夫管紧，
于是，一切都如意称心。
她为家务事四处奔跑，
亲自腌制过冬的香菌、
管理账目、送农奴去充军；
每逢星期六洗一次澡，
生了气把丫鬟痛打一顿；
这一切都不必丈夫过问。

33

从前，她常用血把字迹描画
在温柔女伴们的纪念册上，
把普拉斯科菲亚①称作波林娜②，
谈话的调子像唱歌一样；
腰带也束得紧了再紧，
并且还学会使用鼻音，
把俄语的"H"读得像是法语。
然而这些很快便成为过去：
束腰、纪念册、公爵夫人波林娜、
写满伤感短诗的小本本，
全都被她忘得干干净净；

---

① 普拉斯科菲亚，粗俗的名字。
② 波林娜，高雅的名字。

她又把赛林娜[①]叫作阿库里加[②]，
并且最后又重新戴上睡帽，
又重新穿起了棉布长袍。

34

然而丈夫爱她是出于至诚，
从来不干预她出的主意，
一切他都放心，对她完全信任，
自己吃饭喝茶都穿着睡衣，
他的生活流水般静静淌过；
有些日子，当黄昏日落，
聚集起一伙左近的邻居，
大家互不见外，畅述心曲，
一块儿叹叹气，说几句损人话，
找件事把某个人嘲笑一顿。
就这样消磨着他的光阴；
这当儿，叫奥尔加沏一壶茶；
再吃顿晚饭，再就该睡觉了，
于是客人们也就走掉了。

35

他们保持着可爱的古老风习，
日子就这样过得平平静静；
在那吃肉太多的谢肉节[③]里，

---

① 赛林娜，高雅的名字。
② 阿库里加，粗俗的名字。
③ 谢肉节，大斋节前的一周，俄国人习惯这时大吃荤腥，过了这段时间便要吃素。

照例要吃点俄国的薄饼；
他们每年要斋戒两遍；
他们爱坐旋转木马兜圈圈，
爱圆舞，爱听圣诞节占卜小调，
每到降灵节①，一边听神父祈祷，
一边打着呵欠想要睡觉，
每当这时，他俩也往草束上
洒几滴眼泪表示一下感伤；
克瓦斯②对他们空气般不可缺少，
他们在家里招待客人，
上菜的顺序依官阶为准。

36

就这样，他们双双年迈。
终于在这位丈夫面前，
坟墓的大门为他敞开，
他接受了一顶新的花冠。
他在午餐之前的时刻死去，
来哭他的，有他的邻居、
孩子和他的忠实的老妻，
她比别人哭得更有诚意。
他是个纯朴善良的地主，
在安放他的尸骨的地方，
有这样几句话刻在石碑上：
季米特里·拉林，上帝的奴仆，
官衔旅长，一个谦卑的罪人，

① 降灵节，复活节后第七个星期日，俄国人在这天用独活草给祖先扫墓。
② 克瓦斯，俄国农民习惯饮用的一种自制清凉饮料。

在这块墓石下永享安宁。

37

我们的弗拉基米尔·连斯基
一回到自己的珀那忒斯①身边，
便去看望邻居卑微的墓地，
他对死者的骨灰一声长叹，
心头的悲伤久久不能平定。
“可怜的郁利克② 16！”——他感叹一声——
“他曾经把我抱在他手上。
当我幼小时候，我还时常
拿他的奥恰科夫奖章③来玩！
他把奥尔加许配给我，
我能等到那一天吗？他说……”
心中充满真诚的伤感，
弗拉基米尔便立即写下
一篇墓前挽歌，呈献给他。

38

他又写下一篇哀伤的碑铭
献给他的双亲，他热泪盈眶，
向家族尊长的尸骸默默致敬……
唉！在一条条生命的田垄上，
禾苗般的人啊，转瞬即被刈去，

① 珀那忒斯，罗马神话中的家神。
② 原文为英语。
③ 奥恰科夫奖章，奥恰科夫是土耳其的一个要塞。1788 年俄军将领苏沃洛夫攻克这座城市，为纪念胜利，俄国政府颁发了这种奖章。

一代一代，按神灵秘密的旨意
萌芽、成熟，然后被割倒；
而另有一些人便接踵来到……
不停地激动、生长、沸腾，
我们这反复无常的一代，就这样，
最后全都挤向祖先的墓场。
快了，快了，我们自己的时辰，
到那时，我们的子孙后代，
也会把我们挤出这世界之外！

39

你们且陶醉于它吧，朋友，
陶醉于这种虚浮的人生！
然而我，深知它空无所有，
我对它很少有留恋心情，
面对幻景我已把眼帘合上；
然而，有一些渺茫的希望
却不时前来使我心乱如麻：
我会忧愁的，假如我不留下
些微的脚印，便离开人间。
我活着，写诗，不为要人夸奖；
然而，似乎我心中也在盼望
把自己可悲的命运宣扬一番，
我盼望，哪怕有一个声音
会提起我，作为我忠实的友人。

40

它定会打动什么人的心弦；

也许，依靠命运的保佑，
我所写下的这些诗篇，
不会被勒忒河[1]的流水冲走；
也许（多么迷人的希望！）
将来会有这样一个文盲，
指着我著名的肖像说一声：
这好像是一位什么诗人！
敬请你接受我感激的心意，
崇拜温和的阿奥尼德的人[2]，
是你啊，肯在自己记忆中保存
我那些信笔涂抹的诗句，
我多么感谢你意厚恩宽，
肯伸手摸一摸老年人的桂冠！[3]

---

① 勒忒河，神话中的忘川。

② 崇拜温和的阿奥尼德的人，即诗人，阿奥尼德是希腊神话中缪斯的别名。

③ 普希金在皇村学校读书时的老师加里奇（1783—1848）在讲授古典文学课时，开头总爱说一句："现在，让我们来摸一摸老年人的桂冠吧。"

第 三 章[①]

她是个年轻姑娘,她堕入了情网。

——玛尔菲拉特[②]

① 本章1824年2月8日开始写于敖德萨,月底写至第31节,即达吉雅娜给奥涅金的信以前的地方,以下部分写于米哈伊洛夫斯克村。第32节后注有1824年9月5日的日期。全章于1824年10月2日写完,1827年10月10日左右出版。当时在章首印有这样几句话:

“《叶甫盖尼·奥涅金》的第一章是1823年写的,1825年出版。两年之后才发表第二章,这种缓慢是客观环境造成的。从此将不再中断地发表下去,一章紧接一章。”

② 原文为法语。

1

“上哪儿去？我拿这些诗人真没办法！”——
“再见，我该走啦，奥涅金。”——
“我不耽搁你，可是我想问一下，
你都在哪儿消磨你的黄昏？”——
“在拉林家。”——“这可真是少有。
饶了我吧！难道你不觉得难受，
每天的黄昏都消磨在那里？”
——“一点儿也不。”——“真是不可思议。
从你的话里，我看是这样：
首先（我说得对吗，你听？），
一个普通的俄罗斯家庭，
对客人招待得殷勤周详，
果酱，永远老一套的谈话，
谈下雨，谈牛圈，再谈亚麻……”

2

“我看不出这有什么不好。”——
“问题是，十分无聊，我的朋友。”——
“我讨厌你们时髦的社交；
家庭小圈子和我更能相投，
那儿我能够……”——“又是牧歌！
亲爱的，看上帝分上，别往下说。
怎么，你这就走？真是可惜。
啊，我说，连斯基，可不可以

让我也有幸认识认识
这位菲丽达①,你的眼泪、思想、
文章、诗韵等等②的对象?
给我介绍一下吧。"——"你开玩笑。"——"不是。"
——"我很高兴。"——"什么时候?"——"哪怕现在。
她们会很乐意把我俩接待。

3

走吧。"
两位朋友便驱车前往,
一进门,他们便受到殷勤的接待,
这种传统的好客风尚,
有时会让你很不自在。
待客的规矩到处一样:
用小碟子端上几种果酱,
盛满红覆盆子露的瓦罐
捧到了打蜡的茶几上面
…………………………
…………………………
…………………………
…………………………
…………………………
…………………………

4

选择一条最近的路线,

---

① 菲丽达,古代牧歌中女主人公常用的名字,俄国诗歌中也经常出现。这里指奥尔加。
② 原文为拉丁语。

他们尽快地奔回家去。17
我们的主人公们正在交谈，
现在且让我们偷听几句。
“怎么啦，奥涅金！你在打呵欠？”——
“习惯呀，连斯基。”——“可是你比原先
好像更烦闷。”——“不，还是那样。
不过，田野里已经没一丝光亮；
加把劲儿！快跑，快跑，安得留什卡！
这种鬼地方多么讨人嫌！
我看，拉林娜头脑简单，
倒是一位可爱的老妈妈；
我真怕：那种红覆盆子露
吃下去会让我不大舒服。

5

告诉我，哪个叫达吉雅娜？”——
“啊，就是那一个，一声不响，
面带愁容，好像斯薇特兰娜①，
一进屋便独自坐在窗旁。”——
“你爱上的难道是那个妹妹？”——
“怎么？”——“要是我，就挑另一位，
假如我是个诗人，好比是你。
奥尔加的容貌缺乏生气。
跟梵·戴克的圣母②一模一样：

---

① 斯薇特兰娜，茹科夫斯基（1783—1852）的长诗《斯薇特兰娜》中的女主人公，一位感伤、沉默、单纯而好幻想的少女。这部长诗十九世纪初叶在俄国享有盛名。本书第五章的题词也是引自这部作品。

② 梵·戴克的圣母，梵·戴克（1599—1641）是法兰德斯画派的创始人。他的名作《玛冬娜与沙鸥》中玛冬娜（即圣母）的性格甜甜蜜蜜、感伤动人。

她那一张圆圆的、红红的脸，
就像在毫无韵味的天边
这轮毫无韵味的月亮。”
弗拉基米尔干巴巴应了一声，
后来一路上便一声不吭。

6

奥涅金出现在拉林家里，
这件事惊动了所有的人，
大家对此事都很注意，
邻居们都受到它的吸引。
有了各种猜测，众说不一。
有人取笑，有人窃窃私议，
有人甚至不免武断地肯定：
达吉雅娜已答应他的求婚；
还有人甚至一再地强调，
说婚礼都已经安排停当，
只是后来又决定先放一放，
因为时新的戒指还没打好。
至于说到连斯基的婚礼，
他们早已经认为没有问题。

7

听到人们的这些流言蜚语，
达吉雅娜非常气恼；而她在私下
却暗怀着一种说不出的欢喜，
心中情不自禁地把这事牵挂；
她的心头诞生了一个思想；

是时候了,她已经堕入情网。
仿佛一粒种子落进土里,
春天的火使它萌发出生机。
很久以来,柔情和苦痛
一直在燃烧着她的想像,
这想像渴求命中注定的食粮;
很久以来,她年轻的胸中,
一直深深地感到苦闷;
心儿在盼望……那么一个人。

8

终于盼到了……她睁开了双眼;
那个人就是他!——她说一声。
唉!如今不论白天、夜晚,
或是在热烈而孤寂的梦境,
到处都是他;不论在哪里,
都有种魔力对这位可爱的少女
一再把他提起。她不愿再听
人们亲切温存的话音,
厌烦仆人们关注的视线,
她整天整天地心乱如麻,
没心思理会客人们的谈话,
恨他们怎么有这许多空闲,
怨他们来得不是时候,
而且一坐下就赖着不走。

9

如今她多么心领神会地

阅读着那些甜蜜的长篇，
又是多么如痴如醉地
畅饮着那些诱人的欺骗！
那些被幻想的幸福力量
赋予了生命的人物形象，
那个朱丽·华尔玛的恋人①，
马列克-阿戴里②、德·林纳尔③等等，
还有维特④，那位尝尽烦恼的朋友，
以及举世无双的格兰狄生18，
那位总是让人打瞌睡的先生——
他们在柔情的女幻想家心头
化作为一个惟一的形象，
融会在奥涅金一个人身上。

10

想像自己是心爱的作家们笔下
所描绘的一位小说中的主人公，
是苔尔芬⑤，是朱丽，是克拉瑞萨⑥，
达吉雅娜一人在寂静的林中

---

① 朱丽·华尔玛的恋人，卢梭的小说《新爱洛绮丝》中的男主人公圣·普乐。朱丽是个贵族小姐，爱上了她的教师圣·普乐。阶级偏见使他们不能结合。圣·普乐走开了，她嫁给华尔玛，虽不爱他，却终身对他忠实。

② 马列克-阿戴里，法国女作家戈旦夫人的小说《马梯里达》中的男主人公。普希金在他所作的注释中说，这是一部“平庸”的作品。

③ 德·林纳尔，法国克留德纳男爵夫人（1764—1824）的小说《瓦列里亚》中的男主人公。

④ 维特，歌德的名著《少年维特的烦恼》中的男主人公。

⑤ 苔尔芬，法国斯塔尔夫人的同名小说中的主人公。她爱上一个上流社会的庸人，这人不能理解她的深情，她终于进了修道院。后来这男子因罪被判死刑，她又冒险前去拯救，未成，服毒自杀。

⑥ 克拉瑞萨，理查逊的同名小说中的女主人公。一位家长制资产阶级家庭的少女，被荒淫的贵族勒甫雷斯所玩弄，终于死去。

带一本危险的书独自漫游；
她在书中寻找，并且她也能够
找到自己的热情、自己的幻想
和充满心头的企求带来的希望，
她叹息着，把别人的痛苦、
别人的欢乐，都当自己的一般，
她忘情地在口中喃喃诵念
一封写给心爱的主人公的情书……
但我们的主人公，不管是何等人，
却必定不是一位格兰狄生。

11

早先，火焰般热烈的作家①
用庄严的调子写自己的诗篇，
往往，主人公在他的笔下，
都成为完美无缺的典范。
他所写的人物都很可爱，
又总是遭受不公正的迫害，
他赋予人物多情善感的心肠、
聪明才智和讨人喜爱的面庞。
他的主人公永远洋洋得意，
心怀烈火般最纯洁的爱情，
时刻准备献出自己的生命，
并且，在作品的最后一章里，
恶总是最终会受到惩办，
善总是要戴上应得的花环。

① 这里指的是十八世纪欧洲那些道德教诲小说的作者。

12

如今的人个个头脑昏迷，
道德只能让我们打瞌睡，
在小说里恶也讨人欢喜，
它已经在其中耀武扬威。①
不列颠缪斯的荒诞不经，②
使得年轻姑娘们魂牵梦萦，
如今或是忧思深沉的万皮尔③，
或是缪莫斯④，阴郁的漫游者，
或是神秘的斯波加⑤，或是那个海盗⑥，
或是那漂泊终生的老犹太⑦[19]，
全都成为她的偶像，受她崇拜。
拜伦爵士的想法真是巧妙，
他把穷途末路的自私自利
也装扮成忧郁的浪漫主义⑧。

---

① 本节前四行指的是十九世纪初叶欧洲小说中的一种倾向。

② 指英国浪漫主义作家（拜伦及其同时代人）的作品。

③ 万皮尔，波利托里医生所写的一部同名中篇小说的主人公。这部小说是他跟随拜伦一同在瑞士旅行，听拜伦口述，记录整理而成的。

④ 缪莫斯，英国小说家梅图林（1782—1824）所写的一部小说《漫游者缪莫斯》中的主人公。是一部典型的风行一时的恐怖小说，其中神乎其神地写了许多荒唐的东西。

⑤ 斯波加，法国作家查理·诺第埃（1780—1844）一部同名小说中的主人公。

⑥ 指拜伦的长诗《海盗》（又译《柯尔沙》）中的主人公康拉德。这是一个性格阴郁的强盗，憎恨人类，认为善是恶的根源。

⑦ 据说指英国人梅丘·路易斯的小说《阿姆伏罗吉欧或修士》（1795）中的主人公。这部小说描写一个行踪诡秘的人的种种奇特行径。此处另有普希金自己所作的注释。

⑧ 本节最后两行是普希金对当时颇为风行的所谓“新浪漫派”的评价。

13

我的朋友们，这有什么意思？
或许，将来，顺从天意，
我会停下笔不再写诗，
一个新魔鬼将附上我的身体，
于是，我将不顾福玻斯①的威胁，
降格把温顺的散文来写；
那时一部老调子的长篇
将耗去我的愉快的晚年。
我不会用故作惊人的笔墨，
描写恶行引起的内心痛苦，
我只是想要对诸位叙述
一个俄罗斯家庭的传说，
描绘诱人的爱情美梦，
以及我们的古老民风。

14

我还要给诸位再讲一讲，
父亲或老伯父的纯朴言谈，
描写两个孩子在小溪旁
老菩提树下的约会游玩；
写不幸的嫉妒怎样令人心碎，
写别离，写和好时的眼泪，
我又使他们重新争吵，终于
我带他们俩去举行婚礼……

① 福玻斯，希腊神话中的太阳神，一说即阿波罗，一说即赫里俄斯。

现在我不禁回想起以往，
匍匐在美丽的情人脚下，
我讲过多少甜蜜的情话，
这些话我如今已不惯再讲，
那是些热烈的甜言蜜语，
是一些忧伤的爱的词句。

15

达吉雅娜，可爱的达吉雅娜！
我不禁随你两眼泪双流；
你把自己的命运轻易掷下，
交入一个时髦的暴君之手。
你将被毁掉，而在毁掉之前，
好姑娘，希望令你眼花缭乱，
你在呼唤着渺茫的幸福，
你正品尝着人生的满足，
你饮下欲望那诱人的毒浆，
你被幻想不停地追逐：
你总是在那儿想像着，到处
都是可以幸福地幽会的地方；
到处，到处，在你的眼前，
你的致命的诱惑者都会出现。

16

爱情的痛苦追逐着达吉雅娜，
于是她走进花园去排遣忧愁，
她凝滞的目光突然垂下，
她已经懒得再往前走：

她的胸部阵阵起伏，面孔
顷刻间变得火一样红，
呼吸在她的嘴角上停顿，
她两眼昏花，两耳嗡鸣……
黑夜降临，月亮出来巡游
远方一望无际的苍穹，
夜莺也在昏暗的树林中
扬起它的响亮的歌喉，
暗夜中，达吉雅娜不能入眠，
她在跟奶妈轻声地交谈：

17

“睡不着呀，奶妈：这儿真憋死人！
你打开窗户，来我身边坐坐。”
“达尼娅[①]！你怎么啦？”——“我心里闷，
你跟我谈谈你早先怎么生活。”
“叫我怎么说呢，我的达尼娅？
早先那些真真假假的话
从前我可是记得好多，
有的讲美女，有的讲恶魔；
可现在我稀里糊涂了，达尼娅：
从前知道的事儿，现在全忘掉了。
看样子，那倒霉的时辰快要到了！
我呀老糊涂啦……”——“你讲讲，奶妈，
讲讲你们早先的年头：
那时候你爱过谁没有？”

① 达尼娅是达吉雅娜的爱称。

18

“唉，得了吧，达尼娅！那些年
我们就没听说过啥叫作爱；
要不我死去的婆婆她可真敢
把我弄死，不让我活下来。”——
“那你怎么出嫁的呢，奶奶？”——
“看来是上帝的旨意。我的万尼亚
岁数比我还小呢，我的宝贝，
我那时候也只有十三周岁。
媒婆来来回回跑了俩星期，
来找我爹我妈把话说，
最后我爹就来祝福我。
我好害怕哟，伤心地哭泣；
一边哭，人家就给把辫子解开，
唱着歌儿把我往教堂里带。

19

我就这样被送到别人家里……
可是你并没听我讲话呀……”——
“哎呀，奶奶呀，奶妈，我闷气，
我苦啊，我的亲爱的奶妈呀：
我想哭，我真想痛哭一阵！……”——
“我的孩子呀，你定是生了病，
老天爷大慈大悲保佑你平安！
你想要什么？你就说说看……
我给你把圣水洒几滴吧，
你全身滚烫哟……”——“我没生病：

我……你晓得吗，奶妈……爱上了一个人。”——
“我的孩子呀，上帝保佑你吧！”——
于是奶妈用她衰老的手
给姑娘画十字祈求保佑。

20

“我爱上了一个人。”——她又一遍
痛苦地对老婆婆低声地说。
“你是生了病，宝贝心肝。”——
“我爱上了一个人，你别来打扰我。”
而这时月儿在天空高照，
一片幽暗的微光恰好
照出达吉雅娜苍白的面颊，
和她的一绺绺散乱的头发，
还有大滴大滴的眼泪在流，
也照着穿棉坎肩的老婆婆，
她在姑娘面前的长凳上坐着，
一块头巾包着她白发的头；
寂静中，万物进入昏沉的睡乡，
沐浴着一片触发灵感的月光。

21

达吉雅娜两眼凝望着月华，
她的心已经远远地飞开……
突然间她有了一个想法……
“你去吧，让我自个儿待一待。
给我把纸和笔拿来，奶妈，
再把桌子移过来，我这就躺下；

再见吧。”于是剩下她自己。
月光照耀着她，万籁俱寂。
达吉雅娜手撑桌子在写信，
这时她心里只有叶甫盖尼，
在这封思虑不周的书信里，
倾述着一个天真少女的爱情。
信写好了，叠得像张小纸片……
达吉雅娜！你的信写给谁看？

22

我认识一些高不可攀的女郎，
她们像冬天样清白，冰冷，
她们心如铁石，脸若冰霜，
让别人实在是莫测高深。
我赞赏她们时髦的骄傲，
和她们天生的高尚情操，
然而，我承认，我躲避她们，
她们眉头上刻写的地狱碑文，
我似曾战战兢兢读到过：
你要永远放弃你的希望！[20]
动了爱心在她们就是遭殃，
把人吓跑倒是她们的快乐。
或许读者诸君在涅瓦河旁，
也曾遇到过这一类的女郎。

23

我还在驯服的崇拜者包围中
见到过另一些古怪女人，

她们对热情的叹赏和赞颂，
莫不报以一种矜持的冷峻。
可是我发现了什么？真奇怪，
原来她们故作严厉的姿态
吓唬你的羞怯的爱情，
却又善于重新把它诱引，
至少是，对你说一句抱歉，
至少是，在她们的话音里
会带上一点儿柔情蜜意，
于是那些年轻的痴心汉，
便会沉醉于轻信的迷惘，
重新为心爱的空虚奔忙。

24

凭什么达吉雅娜更该受责难？
难道因为她出于可爱的纯真，
竟不知道什么叫作欺骗，
并对她选定的幻想非常忠心？
难道因为她恋爱不耍手段，
因为她一心一意服从情感，
因为她如此地轻信人家？
难道因为上帝赐给了她
生气勃勃的意志和聪明，
赐给她难以平静的想像，
以及别具一格的思想，
和一颗热烈温柔的心灵？
难道你们就偏偏不能饶恕
她的一次感情冲动的轻浮？

25

风情女子会冷冷地计算，
达吉雅娜只会真诚地爱；
她献身爱情毫无条件，
恰似一个可爱的婴孩。
她不会说：咱们拖它一下——
这样能抬高爱情的身价，
能让他更深地堕入情网；
开始时，咱们要用希望
刺激他的虚荣，接着用疑难
折磨他的心，然后再用
嫉妒的烈火使他激动；
要不呀，一旦玩得厌烦，
狡猾的俘虏便随时随地
准备挣脱枷锁，溜之大吉。

26

早就预见到这件事难办，
而为挽回祖国荣誉的缘故，
我毫无疑问，理所当然，
必须翻译达吉雅娜的情书。
她的俄语学得真是不好，
她不读我们的杂志书报，
表达思想时用祖国语言
对她还有一定的困难——
因此，她用的是法国话……
怎么办呢！我再说一声

直到如今，女士们的爱情
还都不能够用俄语表达，
直到如今，我们骄傲的语言
还不惯于书写散文体的信函。

27

有人想要强迫那一般闺秀
读俄文书，真的，实在可怕已极！
我真是难以想像，一本《良友》21
怎么能出现在她们手里！
我的诗人们，我要以你们为证，
你们为了奉上自己的心，
难道不也曾一时冒失，
偷偷地写过一些情诗，
去献给这些可爱的娇娃？
不是吗，这些美人儿对俄语
全都掌握得很差，用来吃力，
全都那么可爱地歪曲了它？
不是吗，外国话在她们唇边，
已经变成了自己的语言？

28

上帝啊，可别叫我在舞会中，
或是在门廊里跟谁道别时，
与一个围黄披肩的女学生相逢，
或是遇见个戴小帽的女院士！
不带语法错误说出的俄文
恰像是那不带笑意的红唇，

我是一向都很不喜爱。
也许,这正是我的悲哀,
新近出现的一代美人
会听信杂志上哀求的呼吁,
要我们去关心语法规律;
她们还会大作其诗文;
可是我……这与我什么相干?
我仍将信守古老的习惯。

29

那些咬字不清的话音、
随意的不合语法的私房话,
还像过去一样地让我动心,
引起我胸间的战栗和惧怕;
我没有力量为此后悔,
我仍将喜爱高卢①风味,
如同喜爱少年时的过错,
如同喜爱波格丹诺维奇②的诗歌。
得了吧!这一切我们暂且不讲。
我要来翻译我的美人儿的书信;
有什么办法,谁叫我已经应承?
说实话,这会儿我真想赖账。
我知道:多情的巴尔尼③的笔调,
在我们今天可并不时髦。

---

① 高卢,指法国。高卢为法国古称。

② 伊·费·波格丹诺维奇(1743—1803),俄国诗人和戏剧家。他写过一部诙谐长诗《宝贝儿》(1775—1778),普希金即指这部作品。

③ 巴尔尼(1753—1814),法国诗人。

30

《酒宴》的作者①，哀伤的歌手 22，
假如你仍然和我在一起，
我就会以毫不客气的请求，
我的亲爱的朋友，来打扰你：
请你把这位热情的少女
以异国语言写下的话语，
用令人迷醉的诗句翻译，
你在哪儿？来吧：我愿把这权利
恭恭敬敬地向你奉献……
然而，在那悲戚的山崖上，
他的心已不习惯听人赞扬，
他独自一人，头顶芬兰的苍天，
到处流浪，因此他的灵魂
听不见我的痛苦的呻吟。

31

达吉雅娜的信摆在我面前：
我一直神圣地把它守护，
一遍一遍，确是百读不厌，
我读着它，心怀隐秘的痛苦。
是谁教会她这种温柔的情意，
这种可爱而又欠谨慎的语句？
是谁教会她这些动人的胡诌，
这些心灵的胡言乱语的倾流，

---

① 《酒宴》的作者，巴拉登斯基（1800—1844），是普希金同时代的朋友和诗人。

这些有害而又诱人的瞎说？
我不能理解。而以下所呈
是我的不完美的、拙劣的译文，
像一幅生动图画的苍白临摹，
或是像胆怯的小学生的手指头
演奏出的一曲《魔弹射手》①。

达吉雅娜给奥涅金的信

　　我在给您写信——难道还不够？
我还能再说一些什么话？
现在，我知道，您完全有理由
用轻蔑来对我加以惩罚。
可是您，对我这不幸的命运
如果还有点滴的怜惜，
我求您不要把我抛弃。
最初我并不想对您明讲；
请相信：那样您就永无可能
知道我多么地难以为情，
如果说我还可以有个希望
在村里见到您，哪怕很少见，
哪怕一礼拜只见您一次面，
只要能让我听听您的声音，
跟您讲句话，然后专心去想，
想啊、想，直到下次再跟您遇上，
日日夜夜只惦着这一桩事情。
可是人家说，您不愿跟人交往；
这穷乡僻壤到处都惹您厌烦，
而我们……没什么可夸耀的地方，

① 《魔弹射手》，德国音乐家韦伯（1786—1826）作曲的一部三幕浪漫主义歌剧。

只是对您真心实意地喜欢。

　　为什么您要来拜访我们?
在这个被人们遗忘的荒村,
如果我不知道有您这个人,
我就不会尝到这绞心的苦痛。
我幼稚心灵的一时激动
会渐渐平息(也说不定?),
我会找到个称心的伴侣,
会成为一个忠实的贤妻,
也会成为一个善良的母亲。

　　别人! ……不,我的这颗心
不会再向世界上任何人奉献!
我是你的:这是命中注定,
这是老天爷他的意愿……
我现在所以还需要活着,
就是为了保证能和你相逢;
我知道,是上帝把你派来给我,
做个保护人,直到坟墓之中……
你的身影曾在我的梦中显露,
我虽没看清你,已感到你的可亲,
你奇妙的目光让我心神不宁,
你的声音早已响彻我灵魂深处……
不啊,这不是一场梦幻!
你刚一进门,我马上看出,
我全身燃烧,全身麻木,
心里暗暗说:这就是他,看!
不是吗,我听见过你的声音:
是你在悄悄地跟我倾谈,

当我在周济那些穷人，
或者当我在祈求神灵
宽慰我激动的心的熬煎？
在眼前这个短短的一瞬，
不就是你吗，亲爱的幻影，
在透明的暗夜里闪闪发光，
轻轻地贴近了我的枕边？
不是你吗，带着抚慰和爱怜
悄悄地对我显示着希望？
你是谁？是保护我的天神，
还是一个来诱惑我的奸诈的人？
你定要解除我的疑难。
或许，这一切全是泡影，
全是幼稚的心灵的欺骗！
命定的完全是另一回事情……
然而，就算它是这样！
我也从此把命运向你托付，
我在你的面前，泪珠挂在脸上，
我恳求得到你的保护……
请你想想：我在家里孤孤零零，
没有一个人能够了解我，
我的日子过得浑浑噩噩，
我只有默默地了此一生。
我在等你：请用惟一的你的眼
把我心头的希望复活，
或是把这场沉重的梦捅破，
唉，用我应该受到的责难！

写完了！我真怕重读一遍……
我在发呆，感到羞惭和惧怕……

而您高贵的品格是我的靠山，
我大胆地把自己托付给它……

32

达吉雅娜时而呻吟，时而叹息，
这封信在她的手里发颤；
玫瑰色的封缄条①含在嘴里，
火热的舌尖已经把它烤干。
她把头垂在肩上，兀自呆坐，
任凭薄薄的衬裙滑落，
露出她那秀美的肩膀……
这时，月亮已黯淡无光。
那边，山谷冲破稀薄的雾霭，
渐渐显露出自己的轮廓。
那边，小溪开始银光闪烁；
那边，牧人的号角呼唤村民醒来。
清晨降临了：人们早已起床，
我的达吉雅娜全都无心去想。

33

她并不留意窗外的霞光，
只顾低着头坐在一边，
也没把自己精雕的图章
盖在那封情书的后面。
这时房门被轻轻推开，
老菲利普耶芙娜走了进来，

---

① 封缄条，一种涂有胶水的小纸片，封信口用。

用托盘端着一杯香茶。
“你该起床啦，我的小娃娃，
啊你！美人儿，已经起身！
哎哟，我的早起的小鸟！
昨儿晚上可把我吓一大跳！
你哟，谢天谢地，没有生病！
昨晚的忧愁一点儿也没留下，
你的脸蛋儿真像一朵罂粟花。”

34

“哎呀，奶妈，求你给办件事情……”——
“好呀，亲爱的，你就尽管说。”——
“你可别……说真话……可别犯疑心……
可你瞧呀……哎哟！可别拒绝我。”——
“我的好人儿，上帝给你做担保。”——
“那好，就派你孙子，可别让人知道，
拿这封信去送给奥……送给那个……
那个邻居……还要吩咐你孙子说——
让他一个字儿也别提起，
让他可千万不要提起我……”——
“我的亲爱的呀，到底送给哪一个？
我如今真变得没一点儿出息。
左邻右舍的人有好些个，
我哪能挨个儿把他们数过。”

35

“你瞧你多么笨呀，奶妈！”——
“我的心肝儿，我已经老得不行，

老啦，脑子糊涂啦，达尼娅；
可在早先呀，我也挺机灵；
早先呀，老爷们吩咐我的话……”——
“哎哟，奶妈呀，奶妈！别扯这扯那，
我管你脑子机灵不机灵？
你明白吗，我这儿有一封信，
要送给奥涅金。”——“啊，好办，好办。
我的宝贝儿，你可别气嘟嘟，
你要知道，我搞不大清楚……
可你的脸色怎么又很难看？”——
“没什么，奶妈！什么事也没有呀。
赶快打发你的小孙子走吧！”

36

然而一天过去了，没有回音。
又是一天，没有还是没有。
达吉雅娜苍白得像个幽灵，
清晨一起床就等：还得等多久？
奥尔加的崇拜者又来拜访。
“您的朋友上哪儿去了，请讲？”——
女主人这样地向他问道——
“他简直把我们全都要忘掉。”
达吉雅娜满脸绯红，浑身哆嗦。
“他答应了说他今天要来，”——
连斯基回答这位老太太——
“显然是等邮件有点耽搁。”
达吉雅娜把她的目光垂下，
像是在挨一顿狠狠的责骂。

37

天色昏暗了；晚茶的茶炊
在桌上闪闪发亮，咝咝价响，
它烫热了瓷壶里的茶水，
薄薄的水雾在壶边荡漾。①
这时，从奥尔加的手下，
已斟出一杯又一杯的香茶，
浓酽的茶汁在不停地倾倒，
一个小仆人又送上奶酪；
达吉雅娜独自立在窗旁，
她在对冰冷的玻璃呵气，
我的宝贝啊，心头万千思虑，
她在弥漫着水雾的窗玻璃上
用她秀美的手指头在写，
她写下两个心爱的字：奥和叶。

38

这时她的心在阵阵作痛，
她幽怨的眼睛含泪欲滴。
突然，马蹄声！……她的血不再流动。
更近了！马在跑……是叶甫盖尼
走进院子了！“哎呀！”——比影子还轻巧，
达吉雅娜忽地跳进另一间过道，
从门廊又跳进院子，直奔花园，

---

① 俄国人从土耳其的君士坦丁堡引进了铜制的放在桌上的茶炊。烧茶时把瓷茶壶坐在茶炊顶端，借以保暖。

飞跑呀，飞跑呀，连回头看一眼
她也不敢；转瞬间她已经
越过花坛、草地、几座小桥、
小树林、通向湖岸的林阴道，
横穿过一簇丁香花丛林，
沿着花池子向河边奔去，
　终于，在一条长椅上，气喘吁吁

39

倒下了……
　　　　“来了呀，他！叶甫盖尼！
啊，天哪！他会怎么想！”
在她那颗充满痛苦的心里
还保存着希望的梦，尽管渺茫，
她浑身发热，四肢打颤，
她在等：他没来？然而听不见。
只有一群女仆正爬上山坡，
在小树丛里采摘浆果，
她们奉命要齐声唱支歌子。
（下这样一条命令是因为
不能让那些狡猾的馋嘴，
偷偷地吃掉老爷的果子，
唱歌可以占住她们的嘴巴；
真是乡下人的聪明办法！）

姑娘们的歌

姑娘们呀，美人儿们，
心肝们呀，同伴们，
玩起来呀，姑娘们，

乐起来呀,亲爱的人!
快把歌儿唱起来呀,
心中的歌儿唱一遭,
把小伙儿们引过来呀,
来跟我们把圆舞跳。
小伙子呀,受骗了,
远远地呀,看见了,
亲爱的呀,快快跑,
打他们呀,用樱桃,
用樱桃呀,覆盆子,
还有红色的醋栗子。
不许你呀偷听到
我们心爱的歌曲,
不许你呀偷着瞧
大姑娘们做游戏。

40

她们的歌声多么响亮,
达吉雅娜却无心倾听,
她在焦急地等待、盼望,
想让她颤抖的心儿平静,
想让脸上的红晕快快消散。
然而胸口仍在不停地震颤,
那面颊上的两团火光,
反倒燃烧得更亮更亮……
像只可怜的粉蝶儿,躲躲闪闪,
挣扎着,扇动彩虹般的薄翼,
被顽皮的小学生捏在手里;
像只小兔子惴惴地躲进麦田,

当它突然间惊慌地看清，
一支羽箭从远处射入丛林。

41

而终于，只听她长叹一声，
便离开坐椅站起身来；
她移步了，可是刚转入小径，
在她的眼前，想躲也躲不开，
站着叶甫盖尼，目光炯炯有神，
恰似一个威严的精灵，
这时，仿佛被烈火灼烧，
她立即停步，抬不动脚。
但是这次的邂逅结果怎样，
亲爱的朋友们，我今天
再也没力气给诸位详谈，
说了这许多话，我现在应当
休息休息，去散一会儿步，
往后找个时间再来结束。

第四章[1]

道德在事物的本性中。

——内克[2]

① 普希金于1824年10月末在米哈伊洛夫斯克村开始写第四章，1826年1月6日写完全章。1826年底他又对全章重新作了修改。第四章与第五章合在一起于1828年1月31日出版。当时在这两章的单行本前所印的致普列特尼奥夫的献词，就是现在本书卷首的献词。

本章题词引自斯塔尔夫人所写的《对法国革命的看法》一书。这是斯塔尔夫人的父亲内克(1732—1804)和米拉波谈话中所说的一句话。

② 原文为法语。

1、2、3、4、5、6

7

我们越是不爱那些女人，
便越是容易讨她们欢喜，
因此也更有把握把她们
毁在一张张诱惑的罗网里。
往常，冷血的荒淫无耻人
号称懂得一套恋爱的学问，
他们自己为自己到处吹牛，
说他从来不爱，而只是享受。
但他们这种了不起的娱乐，
只是在被颂扬的祖宗时代里
那群老猴子们所耍的把戏：
勒甫雷斯们的美名早已衰落，
连同那些红色鞋后跟的名声，
道貌岸然的假发也已早无人问津。①

8

谁不厌烦那些假意虚情、
花样翻新的滥调陈词，

---

① 十八世纪法国上流社会中轻浮淫靡之风盛行，崇尚奇装异服；贵族出入宫廷，都要头戴假发，脚踏一双红色高跟靴。

煞有介事地竭力使你相信
那人人早已深信不疑的事，
谁不厌烦千篇一律的责难，
他们所力图清除的偏见
是哪怕一个十三岁的小姑娘
也决不会有的胡思乱想！
谁不厌倦啊，对那些欺骗、
伪装的惧怕、誓言、恳请、
纸短情长的六大页的书信、
恐吓、造谣、眼泪、指环，
姑妈和母亲们又老是在监视你，
还有丈夫们的那么沉重的友谊！

9

这正是我的叶甫盖尼的心境。
他在自己生命的初春，
已经成为种种奔放的激情
和那些狂热的迷恋的牺牲。
他听凭生活中习惯的纵容，
某一时对某一事十分热衷，
而对另一事则感到扫兴，
希望在缓慢地折磨他的心，
而轻易的成功也使他苦恼，
喧闹中、寂静中他都能听出
无休无止的心灵的怨诉，
为了压住呵欠，只好用笑：
就这样他葬送了整整八年，
浪费掉一生中最美好的华年。

10

他已经不再爱那些美人，
只不过随便地追求追求；
拒绝了——顷刻间心情平静；
变心了——正是他休息的时候。
他找寻女人时并不觉甜蜜，
抛弃她们时也毫不可惜，
几乎忘记了她们的爱和狠毒。
恰似一个淡漠的赌徒
黄昏时走来赌上一场，
坐在赌桌上，来一局惠士特①，
赌完了：起身告辞、上车，
一回家便安然进入梦乡，
每天早晨他自己也很难说，
这天夜晚又将在何处消磨。

11

然而，收到达尼娅的来信，
奥涅金也曾经深深感动：
少女梦幻的语言搅乱了他的心，
他心头好像有一窝蜜蜂；
他想起可爱的达吉雅娜，
那忧郁的容颜、苍白的面颊；
这时，他的整个的心灵
沉没于甜美，无邪的梦境。

---

① 惠士特，一种扑克牌的赌法。

或许，大约有一分钟光景，
他又燃起昔日感情的火焰；
但是，他并不愿意欺骗
一颗天真的心对他的轻信。
现在，让我们飞往花园，
达吉雅娜正在那儿和他会面。

12

几分钟里两人都保持沉默，
终于奥涅金向她身边移动，
他对她说："您写了封信给我，
请不必否认。在这封信中，
我读到一颗信赖的心的倾诉，
也读到天真无邪的爱的流露；
我喜欢您的一片真诚，
它使我早已消沉的感情
又重新掀起层层波澜；
可是我并不想把您夸奖；
正像您对我的真诚一样，
我也要报以坦率，毫无遮掩；
请您听一听我内心的表白：
我把自己交给您听您决裁。

13

"假如我想用家庭的圈子
来把我的生活加以约束；
假如是欢乐的命运所赐，
我要去做一个父亲、丈夫；

假如家庭生活的画面
哪怕在顷刻间让我迷恋——
那么只有您最合乎理想，
我不会去另找个别的姑娘。
我这话绝不是漂亮的恋歌：
如果按照我当年的心愿，
我只会选择您做终身侣伴，
陪同我度过悲哀的生活，
一切美好的东西有您都能满足，
我要多么幸福……就多么幸福！

14

“然而我却不是为幸福而生，
我的心和幸福了无因缘；
我配不上您那完美的天性，
您的美对于我只是徒然。
请您相信（良心可以做担保），
我们的结合只会带来苦恼。
我，不管怎样地和您相爱，
一旦生厌，会立即把您丢开；
您会哭泣：然而您的泪水再多
也绝不能够打动我的心，
却只能激怒它、惹它恼恨。
想想吧，许门①为我们两个
准备的，是一束什么样的玫瑰，
或许，我们得为它受许多年罪。

① 许门，希腊神话中的婚姻之神。

15

“世界上有什么能比这更坏：
在一个家庭里，可怜的女人，
日夜独守空房，忧思满怀，
为了个不相配的丈夫而伤心；
烦闷的丈夫明知她的价值
（却又诅咒命运，自叹背时），
老是两眉紧锁，沉默不言，
冷冷地嫉妒，怒气冲天。
我就是这样的。凭您的纯洁、
您的聪明，难道您给我写信，
您那颗朴实的火热的心
所要寻求的就是这些？
难道说严酷的命运之神
就给你准备下这样的一生？

16

“幻想和年华一去不再来，
我无法复活我死去的心……
我爱您，用一种兄长的爱，
而且，也许还更加温柔深沉。
请您别生气，再听我讲：
年轻姑娘飘浮不定的幻想
会一时一时地更替变换，
正如同每一年到了春天，
树木都要换一次新绿。
显然这全由上天安排。

将来您定会重新恋爱：
只是……把握自己，这很必须；
并非人人都了解您，像我一样，
缺乏经验会造成不幸的下场。”

17

叶甫盖尼如此教训一番。
达吉雅娜在倾听他说，
她泪眼模糊，什么也看不见，
她屏住气息，毫不辩驳。
他伸手给她。达吉雅娜一声不响，
（她*机械地*①、像人们常说的那样）
悲戚地、轻轻偎依着他。
昏沉沉的头儿低低地垂下；
他们绕过菜园往家中走；
两人一同回到房里，
并无人对此表示非议：
乡下有乡下的一套自由，
这自由也有它幸福的权利，
与高傲的莫斯科并无差异。

18

我的读者，您一定会赞成
说在伤心的达吉雅娜面前，
我们的朋友行为很是端正；
他并非在这里才初次表现

---

① 原文为斜体字。

他的心灵中正直的高尚，
尽管人们由于存心不良，
对他的一切都不肯宽宥：
他那些仇人，他那些朋友
（也许此二者原本是一回事情），
都曾经对他百般地攻击，
人生在世，难免会树些仇敌，
然而，请从朋友手下救救我们，
天哪！我的这些朋友啊，朋友！
我想起他们决非是毫无来由。

19

怎么啦？没什么。我是想打消
一些空洞的、阴郁的幻想；
我不过在这里顺便提到，
所有那些卑鄙龌龊的诽谤，
撒谎专家躲在阁楼里①制造的，
市井之辈所津津乐道的，
凡此种种的流言蜚语，
和那些泼妇骂街似的警句，
都会被您的朋友，出于失言，
不耍任何花招，也毫无恶意，
在一些正派人士的圈子里，
面带微笑地重复一百遍；

---

① 撒谎专家指一个美籍俄国人费·伊·托尔斯泰。普希金曾一度把他当朋友看待，可是他却在社会上那些“市井之辈”当中造谣说，普希金因为写了自由思想的诗，被秘密机关抓去打过一顿，普希金对此颇为气愤，甚至想跟他决斗。阁楼指沙霍夫斯科伊家的晚会。普希金 1822 年 9 月 1 日写给维亚泽姆斯基公爵的一封信可以证明以上两点。

而除此之外，他对您忠实如山：
他是那么地爱您……如亲人一般！

20

哼！哼！我的可敬的读者，
您的亲戚们是否全都健在？
我请您原谅：此时此刻
或许您也愿意再听我来
谈谈*亲戚*①是怎么回事情。
所谓亲戚，是这样一些人：
我们有义务对他们表示亲密，
爱他们，并致以由衷的敬意，
而且，按照民间的风俗习惯，
圣诞节还要去拜望他们，
或者是写一封祝贺的信，
以便一年中其余的时间
他们不要再想起我们……
得了吧，愿上帝赐他们永生！

21

如此看来，温柔美人儿的爱，
比友谊和亲情更为可靠：
即使遇上狂风暴雨的破坏，
您对它的权利也不会失掉。
这是当然。但是时髦的旋风，
但是，天生的任性与放纵，

① 原文为斜体字。

但是,交际场上舆论的洪流……
而女性又像羽毛样轻柔。
再说,还有丈夫的意见,
对一位贤德的妻子来讲,
也应该永远不加违抗;
于是您的忠实的女伴
往往转瞬间就改变了心意:
爱情原本便是魔鬼的把戏。

22

谁值得爱? 谁值得相信?
只有谁才不会把我们背弃?
谁衡量一切话,一切事情,
都用我们的尺度,真心诚意?
谁不会散播流言把我们诋毁?
谁对我们殷切关怀、体贴入微?
谁能够容忍我们的缺陷?
谁永远不会对我们厌烦?
幻影的徒劳的追逐者啊,
别再去白白地浪费精力,
我劝您还是去爱您自己,
我的应受尊敬的读者啊!
这才是值得一爱的对象:大概
没有谁比自己更为可爱。

23

花园相会有什么结果?
唉! 这结果并不难猜想!

爱情的种种昏庸的折磨
并没有从此不再激荡
沉湎于悲伤的年轻心灵;
不啊,那无可慰藉的激情
更是常来把达吉雅娜煎熬;
睡梦已经从她的床上逃跑;
生活中的花朵与甜蜜、健康,
以及处子的平静、笑颜,
全都如空谷之音般消散,
可爱的达尼娅的青春失去了光芒:
恰似一个白昼刚刚诞生,
便被暴风雨披上一层阴影。

24

唉,达吉雅娜她正在凋萎;
她苍白、黯淡、沉默无言!
一切事她全都毫无兴味,
都不能打动她的心弦。
邻居们郑重地把头摇摇,
背地里嘀嘀咕咕地说道:
是时候了,该给她找个婆家!……
然而够了。幸福的爱情图画
才能够愉悦诸位的想像,
我应该赶快谈这些事情。
我的亲爱的读者诸君,
怜惜之情紧压在我的心上;
请原谅:我是这样地爱她——
我的可爱的达吉雅娜!

25

奥尔加既美丽而且年轻，
弗拉基米尔越来越沉醉、迷惘，
他不由得献出了整个心灵，
他已经跌入甜蜜的罗网。
他和她形影不离。在她闺房里，
他俩在幽暗中相互偎依；
走进花园中，他俩手牵手，
迎着晨光一块儿漫游；
还能怎样呢？他陶醉于爱情，
心灵在温柔的羞怯中骚动，
只是奥尔加偶尔用嫣然的笑容
鼓励他，他才敢吻吻她的衣襟，
或是伸手去抚弄一下
她的蓬松拳曲的美发。

26

他有时给奥丽雅①读点书听，
读一本劝谕道德的长篇，
小说作者深谙人的本性，
甚至超过了夏多布里安②！
可是，也有那么两页、三页
（全是些无聊的臆造、胡扯，
对女孩子的心灵没有好处），

---

① 奥丽雅，奥尔加的爱称。

② 夏多布里安（1768—1848），法国浪漫主义作家。

他会红着脸，翻过不读。
有时，远远躲开所有的人，
他们俩摆开一副棋局，
手肘撑在桌上，沉思不语，
就这样面对面坐上一阵，
这时，心不在焉的连斯基，
会用自己的卒吃掉自己的车。

27

即使回到家里，那也是一样
他心中也只有一个奥尔加，
她的纪念册整天在他手上，
他殷勤地为她赋诗作画：
有时画一幅农村风光，
画块墓石，画个爱神的庙堂，
或是轻轻地用笔和油色，
画一只歇在竖琴上的白鸽；
有时在纪念册的篇页上，
在别人题写的词句下面，
为给幻想留下无声的纪念，
他写上一些悱恻的诗行，
让瞬间的思绪永远保存，
多年之后依然字字如新。

28

乡下小姐的那种纪念册，
您自然不止一次地看见，
她的女友们用笔和颜色，

将它上下左右全给涂遍。
在这里,正字法全属多余,
按民间习惯,写诗不讲韵律,
诗行有时缩短,有时拖长,
只为表示友情,聊志不忘。
在第一页上你会看见:
请在这些纸上写点什么话。①
签名是:您的忠贞不渝的安耐塔。②
你还会读到,在最后一页上面:
“谁若是爱你更为深切,
请他接着我往下再写。”③

29

这里面您一定能够发现
两颗心、几朵花和一支火炬;
您想必会读到这一类誓言:
与君终生相爱,至死不渝;④
还有某位诗兴大发的兵士
在其中乱涂了几行歪诗。
我的朋友,在这种纪念册里,
我承认,我也很高兴写上几句,
因为我实实在在地相信,
任何我的诚心的信口雌黄,
都能够得到善意的赞赏,
过后也没人认真地评论,
没人面带阴险的微笑,

①② 原文为法语。
③④ 原文为斜体字。

分析我撒谎是否巧妙。

30

然而纪念册啊，你们富丽堂皇，
你们杂乱无章，你们这些厚本本，
曾令时髦的蹩脚诗人搜索枯肠，
却只配在魔鬼的书库中保存，
虽然托尔斯泰①用他神奇的画笔，
或者巴拉登斯基用他的诗句，
一挥而就地装饰过你们，
但愿天火把你们烧成灰烬！
每当一位豪华的贵妇，
将她的纪念册②交到我手里，
我便会怒火中烧，浑身战栗，
那时，我打我的内心深处
真想写首警句挖苦她一下，
结果呢，还只得写一首颂诗给她！

31

在可爱的奥尔加的纪念册里，
连斯基写下的不是颂诗；
他笔下倾吐着火热的情意，
绝非冷冰冰炫耀才思；
奥尔加的一切，只要他看到一点、
听到一点，都会在他的笔下重现：

---

① 费·彼·托尔斯泰(1783—1873)，当时著名的画家，雕刻家，雕塑家。

② 原文为法语：in-quarto(原意为“四开本”)。

于是,哀歌像流水样奔腾,
充满发自肺腑的真情。
富于灵感的雅泽科夫①,你也如此,
每当你心血来潮,感情激荡,
天知道你是在为谁歌唱,
你的珍贵的哀歌,有朝一日,
将汇集成整个一部故事,
记录你命运的全部事实。

32

但是小声点儿!你可曾听见?
严厉的批评家②在命令我们
丢开哀歌那顶寒碜的花冠,
他对我们这些蹩脚诗人
大喊大叫地说:“别再哭号,
你们不要一味地只唱老调,
不要老是哀伤从前、过去:
够受啦,唱点儿别的东西!”
“你说得对,你大概想让我们
将号角、面具和短剑拿起,
你要我们去千方百计
复活思想的死去的资本③:

---

① 尼·米·雅泽科夫(1803—1846),普希金的同学和朋友,在当时首先以写哀歌和学生歌曲闻名。

② 指维·加·丘赫尔别凯(1797—1846),当时俄国文坛著名的诗人之一,普希金的朋友。他在1824年出版的文集《穆涅莫新纳》第二卷中写了一篇题为《论近数十年我国诗歌,尤其是抒情诗歌的发展方向》的文章,其中严厉批判当时的哀歌倾向而主张多写颂诗。普希金对这篇文章印象很深,但并不同意他的观点。

③ 思想的死去的资本,指过去的历史事件。号角、面具、短剑等等都是当时一些描写历史题材的作品中经常出现的东西。这段议论针对古典主义。

不是吗，朋友？”“什么呀，完全不是！
先生们，你们该写点儿颂诗，

33

像在过去的强盛的日子，
像古代诗人那样地去写……”——
“老是那一套庄严的颂诗！
得了吧，朋友，那有什么差别？
想想看，讽刺诗人①说过什么话！
写《洋腔洋调》的俏皮抒情家，
比起我们哀伤的蹩脚诗人
难道更能够让你容忍？”
“可是哀歌中一切都毫无意义，
它那空虚的目标实在可怜；
颂诗的目标崇高而庄严……”——
这问题我们大可以讲讲道理，
不过我再也不想多说什么话，
我不愿让两个时代吵架②。

34

弗拉基米尔崇拜光荣和自由，
他汹涌的思潮如滚滚海浪，
他本来也能把颂诗写上几首，
但是奥尔加对之并不欣赏。

---

① 指伊·伊·德米特里耶夫（1760—1837），他在1795年写过一篇讽刺诗《洋腔洋调》，嘲笑了一个低能的颂诗作家。

② 十八世纪末叶，俄国贵族作家中写颂诗的居多；而十九世纪初，则大兴哀歌之风，颂诗与哀歌之争，几乎形成诗歌领域内的两个时代的争吵。

可曾有诗人对自己的情人
噙着眼泪朗读自己的作品？
人们都说，在这个世界上
得不到比这更高的奖赏。
实在说，谦卑的情人也很幸福，
当他能把自己心头的梦想
对自己讴歌和爱恋的对象——
那慵困而愉快的美人儿倾吐！
他多么幸福啊……虽然这时
她正想着的或许是别的心事。

35

而我却只对我年迈的奶娘①
——是她陪伴我度过青春的日子——
朗诵我心头的种种幻想
与我和谐的才思所结出的果实，
再就是，在一顿乏味的午餐之后，
扯住前来串门的邻居②的衣袖，
将他拉到房间的一隅，
逼他听我念一段悲剧。
或者，（这倒不是说笑话）
我有时为忧思和韵脚所苦，
便去我的湖边散一会儿步，
去惊动那一群又一群的野鸭：

① 年迈的奶娘，指普希金的奶娘阿林娜·罗季翁诺夫娜，她是一位有才能的俄罗斯妇女，曾经讲过许多民间故事，唱过许多民歌给普希金听。作家在米哈伊洛夫斯克村居住的一段时间里，的确曾经把许多作品首先朗读给她听。

② 前来串门的邻居，指 A. H. 沃尔夫。他是 П. A. 奥西波娃的儿子，住在三山村，1826年夏天，普希金曾朗读《鲍里斯·戈都诺夫》给他听。

它们听我吟过悦耳的诗句，
才纷纷从岸边远远地飞去。

36、37

然而奥涅金他现在怎样？
诸位仁兄，请耐心等待；
他每天如何打发时光，
我正要对你们一一道来。
奥涅金他像个隐士一般，
夏天里要一觉睡到七点，
起床后，身穿一件内衣，
走向山下那条奔腾的小溪；
模仿歌颂古丽纳尔的诗人①，
把当地的赫里斯庞特游个来回，
然后再去喝他的咖啡，
把粗俗的杂志翻上一阵，
然后穿衣…………

38、39

溪水的潺潺，树林的阴凉，
散步，读书，甜甜地睡上一阵，
间或找个黑眼睛白皮肤的姑娘，
来一次火热的、新鲜的亲吻，
一匹骏马驯服地套好鞍辔，
一顿足够苛求挑剔的午餐，

① 这里的诗人指拜伦，古丽纳尔是拜伦的长诗《海盗》的女主人公。拜伦在他的长诗《唐·璜》第二章第105节的注释中，曾描述过他在1810年5月3日如何横渡赫里斯庞特海峡(即达达尼尔海峡)的情况。

深居独处，幽静安详，
还有一瓶清醇的琼浆：
这就是奥涅金神圣的生活；
他不觉醉心于这样的日子，
他的生活过得安闲而舒适，
任美好的夏日匆匆飞过，
他已忘掉城市，忘掉友人，
也忘掉灯红酒绿之下的烦闷。

40

然而，我们北方的夏天，
只是南方冬天的模拟图画，
谁都知道，它好比昙花一现，
虽然我们不承认这种说法。
天空中已经弥漫着秋意，
很少有阳光灿烂的天气，
白昼一天比一天短促，
树林发出凄凉的哀呼，
不忍将神秘的绿阴褪掉，
一层薄雾笼罩在田野上，
大雁已开始飞向南方，
成群结队，一路呱呱地啼叫；
眼下已是十一月的天气，
接下去将是个乏味的时期。

41

朝霞在寒冷的昏暗中露面，
田野中渺无耕作的声响；

公狼陪着它饥饿的女伴，
走上大道，到处去游荡；
赶路的马嗅到狼的味道，
打起响鼻来——旅人发觉不妙，
连忙催马朝山里飞奔；
牧童不再迎着朝霞的身影
把牛儿一只只赶出栏圈，
也不在每天的中午时分
吹起号角召唤它们归群；
茅屋中，姑娘[23]一边纺线，
一边唱歌，她面前那枝松明——
她冬夜的良伴，一直爆响不停。

42

已是严冬时节，寒气肃杀，
田野中四处银光闪闪……
（读者等着的押韵词是玫瑰花；①
好吧，那就拿去，快点！）
小河闪着亮光，裹着坚冰，
比时兴的嵌花地板还要平整；
孩子们结成快乐的一伙[24]，
用冰刀把坚冰嚓嚓地划破；
一只笨鹅拖着一对红蹼掌，
想去河水的怀抱中游玩，
它小心翼翼地踏上冰面，
一歪一滑就跌倒在冰上；

---

① 第一行结尾的词原文是 морозы（俄语：严寒），一般诗歌中最常和它押韵的词是 розы（俄语：玫瑰花）。作者一面嘲笑了那些“押韵诗人”，一面又巧妙地利用了这一对韵脚。玫瑰花一词原文为斜体字。

欢快的初雪在闪烁、飞旋，
撒落在湖岸上若寒星点点。

43

这时节荒村里有什么可做？
去野外游玩？这时田野间
到处一片光秃秃、冷冷落落，
让眼睛不由地感到厌倦。
去那寒冷的草原上纵马奔腾？
然而马掌已经磨得很钝，
踩在薄冰上极不牢靠，
瞧吧，随时都可能跌上一跤。
那就坐在空荡荡的屋子里，
有普拉特①，还有司各特②，你就读书！
也不愿意？——那就翻翻账目，
要么喝点儿酒，要么发发脾气，
凑合着漫长的黄昏也就度过，
日复一日，冬天也还过得不错。

44

简直像恰尔德·哈罗德一样，
奥涅金陷入忧思的懒散：
一觉醒来，先走进洗澡房，
冲个冰水浴，然后便整天
埋头去盘算，深闭家门，

① 普拉特（1759—1837），法国政论家，以言辞犀利著称。
② 原文为英语。司各特是苏格兰著名作家，普希金曾经誉他的作品为心灵的食粮。

手执一根光秃的台球棍，
在球案上，打从一大清早起
便拿两枚球儿撞来撞去。
直玩到村子里已是黄昏：
他抛下球棍，离开球案，
壁炉前已为他备好晚餐，
叶甫盖尼静候连斯基的光临，
瞧，三匹灰色马驾车停在门前，
快点儿摆出待客的酒宴！

45

克利科寡妇牌、摩爱特牌①，
美酒瓶上还挂着冰凌，
一瓶一瓶地端上桌来，
以示款待诗人的盛情。
美酒闪着灵泉②水 25 的光彩，
那泡沫跳跃得多么欢快，
一见它（像看到这个和那个③一样）
我便会陶醉：想当年，我常常
为贪杯花掉最后一文可怜钱。
你们可记得，我的朋友？
它那股富有魔力的清流，
曾经引出过我多少痴癫、
多少争吵，落下过多少笑柄，

---

① 这里提到的都是当时法国名牌香槟酒。

② 希腊神话中说：飞马玻伽索斯从九位缪斯居住的赫利孔山上跑下来，蹄子踏上干燥的土地，地上便立即迸出喷泉来；这种泉水名叫希波克瑞涅，即“灵泉”，诗人们能从这种泉水中汲取到灵感。

③ 从普希金本人所作的注释第 25 条来看，显然是指“爱情”和“不理智的青春”二者。

又给过我多少诗情和快乐的梦境!

46

然而这种酒的喧腾的泡沫
早已不适合我的胃口,
如今啊,明白事理的我
宁愿只喝一种波尔多酒①。
阿逸酒②我是更不欣赏;
它好像一位轻浮的女郎,
外表美丽,轻如飘絮,
活泼,任性,而又空虚……
但是你,波尔多,却像位挚友,
当我遇到不幸或有伤心事,
你随时随地都是我的同志,
随时愿意伸出你支援的手,
或者陪我把悠闲的时光消磨。
万岁:我们的朋友,波尔多!

47

炉火熄灭;金色的火炭
已几乎被盖满一层灰烬,
一缕水蒸气,隐约可辨,
正轻轻盘旋,袅袅上升,
壁炉微微散发出热气。
煤烟从管道流进烟囱里。

---

① 波尔多酒,法国葡萄酒名。原文为法语的俄文音译。

② 阿逸酒,当时法国的一种名牌香槟酒。原文为法语的俄文音译。

闪亮的酒杯在桌上嗞嗞价响。
黄昏的幽暗笼罩在大地上……
（我常常就是在这种时候，
在所谓狼与狗之间的时辰①——
为何这样称它，我不知原因——
喜欢和朋友们喝一杯酒，
大家天南地北地闲谈。）
此刻两位朋友也正在聊天：

48

“喂，那两位芳邻近况怎样？
达吉雅娜？你那活泼的奥尔加？”
“请你再给我把酒斟上……
半杯够啦，好朋友……她们全家
都挺好；还让我向你问候。
啊，好朋友，奥尔加的肩头
变得多美哟，还有那胸脯！
还有那颗心！等咱俩有了工夫
再去走走吧，她们会感到荣幸；
我的朋友呀，你自己想想看：
只在人家那儿露过两次面，
往后就再也不见你的踪影。
你瞧……我还在这儿胡扯！
人家请你这礼拜就去做客。”

---

① 法语在俄语中的直译，意即黄昏。

49

“请我！”——“是呀，这个礼拜六
达吉雅娜命名日。奥莲卡①和妈妈
让我请你去，你可没理由
接到人家的邀请也不去一下。”——
“可是那儿会有一大堆人，
那么乌七八糟的一群……”——
“没有外人啊，我敢这么说！
都是自家人。还会有哪个？
咱们去吧，请你赏个光！
喂，怎么样？”——“我去。”——“你真好！”
他一边说，一边把酒干掉，
算是祝贺那位芳邻的健康，
然后便又大谈其奥尔加：
爱情就是这样，真没办法！

50

他很快乐。再过两周时间
便是择定的幸福的佳期。
那顶爱情的甜蜜的冠冕，
那洞房花烛夜床帏的奥秘，
正等待他去纵情地享受。
至于许门带来的悲哀与烦忧，
和打呵欠的冰冷的日常生活，
他连梦也不曾梦见过。

---

① 奥莲卡，奥尔加的又一个爱称。

然而我们这些许门的仇敌，
在家庭生活中仅仅看见
一连串令人厌倦的画面，
仿佛出自拉封丹26的手笔……
我可怜的连斯基啊，他从内心，
便是为了过这种日子而降生。

51

他被人爱着……至少他自己
这样相信，所以他幸福无穷。
谁能够自始至终深信不疑，
谁能使聪明的心智无动于衷，
像个醉眠的旅客，或者雅一些，
像一只春花上吮蜜的蝴蝶，
谁能如此安然地满足，
那他就是百倍地幸福；
有种人，他凡事都能预见，
他的头脑从不会发昏，
对于人们一切的言行，
他都憎恨那隐藏的一面，
阅历令他心寒，不许他得意忘形，
这种人实在是可怜得很！

第五章[①]

啊，但愿你没做过这些可怕的梦，

你，我的斯薇特兰娜！[②]

——茹科夫斯基[③]

① 这一章是在 1826 年 1 月 4 日，即前章结束前 2 日开始写作的，时断时续。1826 年 5 月 22 日全章写完抄清，1828 年与第四章并一册出版。

② 引自茹科夫斯基的长诗《斯薇特兰娜》。

③ B. A. 茹科夫斯基(1783—1852)，俄国诗人，普希金上一辈的重要作家。其创作前期属感伤主义，后期属浪漫主义。

1

那一年里，这儿的秋天
滞留的时间特别长些，
大自然等呀等，等待冬寒。
直到正月才第一次落雪，
那是在大年初二的夜晚。
清早醒来，达吉雅娜望见
晨曦中的庭院一片白茫茫，
白色的屋顶、花坛和篱墙，
树木披上了冬日的银装，
玻璃上一层薄薄的冰花，
一群快活的喜鹊叽叽喳喳，
冬天的地毯铺在了山坡上，
闪着耀眼的银光，又松又软，
周围的一切全都洁白、灿烂。

2

冬天！……一个农夫兴高采烈，
乘一辆雪橇去清扫道路；
他的马儿嗅着冰冷的雪，
弯弯绕绕地迈开大步；
勇猛的雪橇在向前飞奔，
划出两条蓬松的沟痕；
赶车的农夫稳驾着雪橇，
系条红腰带，穿件羊皮袄。

一个奴仆的孩子奔跑在雪地上，
小雪橇里放着小狗茹奇卡，
他自己就来充当一匹马；
小顽皮的手指头已经冻僵：
他感到痛，又觉得玩得很好，
母亲却隔着窗子向他喊叫……

3

然而，也许这一类的画面
完全引不起诸位的兴趣：
一切全是低级的大自然，
没有多少高雅的情趣。
另一位诗人用华丽的文体，
加以灵感之神的激励，
把初雪描画得像图画一般，
还细腻地描写过冬日的安闲。27
他描写乘雪橇秘密出发，
那热烈的诗句真令人着迷，
这一点我实在深信不疑；
可是我无意与他争个高下，
还有你啊，芬兰少女的歌手，
我暂时也无心和你争斗！28

4

达吉雅娜（这个具有俄罗斯灵魂的姑娘，
为什么这样，她自己也说不清）
热爱俄罗斯冬日的风光，
热爱她那寒冷的美景，

爱白昼阳光下凛冽的霜冻，
爱乘雪橇滑行，爱那晚霞中
闪闪发亮的玫瑰色雪片，
也爱主显节①夜间的黑暗。
她们家在节期的每个夜晚，
都要遵照古风举行庆祝：
全家的女仆为小姐占卜，
她们每年都为小姐们抽签，
算定小姐的夫婿都将是军人，
她们自己也将随丈夫出征。

5

达吉雅娜一向就很相信
民间的古老的传说故事，
相信梦，相信用纸牌算命，
相信月亮的预兆和暗示。
有些兆头让她感到害怕，
似乎一切东西都在向她
神秘地宣示着将要发生的事情，
许多预感令她胆战心惊。
炉台上装模作样的小猫，
打着呼噜，用爪子洗脸：
她觉得这无疑是一种预言，
表示有客人来访。抬头一瞧，
看见新月两只角的面庞
恰好悬挂在左边的天上，

① 主显节，即耶稣受洗节，在每年的1月6日。它前后的一周是俄国一年中最冷、夜晚最黑的一段时间。

6

她便面色苍白,直打哆嗦。
有时,天际的一颗流星
从黑夜的太空中一掠而过,
又碎裂了,——看到这种情景
达吉雅娜吓得惴惴不安,
连忙对流星默诉个心愿,
直到这流星消失了踪影。
如果不巧有个穿黑袍的僧人
在什么地方让她碰到,
或是田野里飞奔的野兔
横越过她正走着的道路——
她会吓得不知怎样才好,
心头会充满不祥的预感,
她便会等待灾难的出现。

7

结果呢?正是通过害怕本身
她发现一种暗藏的美妙:
当大自然最初创造出我们,
它就对矛盾非常之偏好。
圣诞节周①到了。多让人高兴!
浮躁的年轻人都来算命,
他们对一切都满不在乎,
他们的前方有遥远的道路,

① 圣诞节周,圣诞节后的一个星期。

鹏程万里，前途灿烂；
老头儿也戴着眼镜来占卜，
虽然他们一只脚已跨进坟墓，
曾经拥有的一切已一去不返；
但希望也同样在他们耳旁
用自己孩子般的呓语撒谎。

8

达吉雅娜用她好奇的目光
凝视浸入水中的蜡滴：
熔蜡凝聚成奇妙的花样，
正对她显示出某种奇迹；
一只盛满清水的大盘，
每人依次从中捞出个指环；
轮到她捞出那枚指环时，
正唱着一支古老的歌子：
“那儿的庄稼汉呀个个儿阔，
他们用铁锹呀铲金又堆银；
这支歌儿对谁唱呀，谁就会走运，
*谁就会有好名声！”*①然而这支歌
那悲怆的调子只会带来晦气，
母猫的歌子姑娘们才更欢喜。[29]

9

寒夜，苍穹明丽而洁净；
一群奇妙的星星在天上

---

① 原文为斜体字。

流淌得多么和谐、安宁……
达吉雅娜披件贴身衣裳
走出睡房，走进宽阔的院落，
她拿一面镜子把月光捕捉；
然而，在那黯淡的镜面上
颤抖着的是一个悲哀的月亮……
听……雪在沙沙响……有人走过；
姑娘踮起脚向过路人飞奔，
她的声音是那样地温存，
比芦笛的音调还好听得多：
*您的名字*①？30 过路人对她望一望，
然后回答她说：阿卡方。

10

达吉雅娜按奶妈的主意，
准备在夜晚来卜上一卦；
她悄悄吩咐，给她在浴室里
铺一张餐桌，摆两份刀叉；
但达吉雅娜突然感到恐惧……
而且我——也有点怕，当我想起
那位斯薇特兰娜②——就这样吧……
她卜卦的事我们就不讲啦。
达吉雅娜解开丝织的腰带，
脱掉衣裳，上床入眠。
列里③在她的头顶上盘旋，

---

① 原文为斜体字。

② 在茹科夫斯基的长诗《斯薇特兰娜》中，女主人公就是这样卜卦的。

③ 列里，古斯拉夫人的婚姻与爱情之神，只见于一些书写材料中，口头流传不广。普希金曾在《鲁斯兰与柳德米拉》中两次用过这个形象。

而一面姑娘家的梳妆镜藏在
她那松软的羽毛枕头下。
万籁俱寂。睡着了,达吉雅娜。

11[①]

达吉雅娜做了个奇怪的梦。
她梦见,仿佛她独自一人
漫步在一片茫茫雪原中,
周围很凄凉,黑压压、雾沉沉;
她面前,越过一个个大雪堆,
是一股严冬中也不结冰的河水,
它不停地翻滚、奔腾、喧嚷,
幽暗的水流泛起白浪;
两根冻结在一块的木杆,
搭成一座颤巍巍的小桥,
横跨过这条奔腾的河道:
面对这喧嚣的滚滚深渊,
她犹豫不决,心头充满疑虑,
她停住了脚,不敢向前走去。

12

达吉雅娜埋怨这条河流,
怪它拦住了自己的去路;
看不见河对岸有谁会伸出手
来帮助她渡河,将她搀扶;

---

① 从这一节到第21节关于达吉雅娜的梦的描写,和普希金另一首民歌体诗《新郎官》中的女主人公娜达莎的梦相似,可参看。

可是突然间，一堆雪在摇摆，
是谁从雪堆下钻出个头来？
原来是只大熊呀，竖着长毛；
达吉雅娜"呀！"的一声惊叫，
大熊咆哮着，长着利爪的熊掌
朝她伸来；她鼓足勇气，
把她战战兢兢的脚儿抬起，
一只哆哆嗦嗦的手撑在小桥上，
越过河去；继续朝前走——
怎么啦？大熊紧跟在她身后！

13

她加快自己慌乱的脚步，
真不敢回头望上一眼；
身后跟着个毛茸茸的忠仆
要想逃脱它很是困难；
讨人嫌的熊哼哼唧唧向前奔；
他们的前方是一座树林；
苍松凝立，显出葱郁的美；
一条条枝丫低低地下垂，
枝梢上压着厚厚的雪花；
透过桦树、白杨、菩提无叶的树冠，
只见夜空中的星群银光闪闪；
无路可走了；树丛、悬崖，
整个儿全都被风暴遮盖，
全都被白雪深深地掩埋。

14

达吉雅娜走进树林;大熊紧跟着她;
松软的积雪有她膝盖那样深;
时而,一条长长的枝丫
突然间勾住她的头颈,
时而树枝又拂过她的鬓边,
猛地揪去她的一对金耳环;
一只脚陷进了松松的积雪,
她无法拔出湿漉漉的皮靴;
头巾又掉了;没工夫去拾它;
她害怕,听见熊跟在身后,
她不好意思伸出发抖的手
把自己的衣襟往上提一下;
她在奔跑,大熊也寸步不离:
她已经跑得没一点儿气力。

15

她倒在雪地里;那只大熊
敏捷地抓起她,把她抱走;
她了无知觉,一动不动,
她毫不反抗,连气息也没有。
大熊抱着她沿小道奔跑;忽然
一间破草屋在丛林中出现;
无边无际的雪从四面八方
包围着小屋,四周一片荒凉,
小窗口里闪着明亮的灯火,
草屋中又是喊叫,又是喧嚷;

大熊说：这是我干亲家住的地方：
你就在他这儿暖和暖和！
于是大熊径直走进了门廊，
顺手把达吉雅娜放在门槛上。

16

达吉雅娜清醒过来，她一瞧：
大熊不见了；她躺在门廊里；
屋内一片碰杯声，一片喊叫，
像是在举行盛大的葬礼；
她不知道屋里是什么事情，
悄悄从门缝偷看，想弄个分明；
她看见了什么！……只见桌旁
坐满妖魔鬼怪，各式各样：
一个长着犄角，嘴像只狗，
另一个长着公鸡般的头颅，
这边一个山羊胡子的女巫，
那边一具骷髅，傲慢又丑陋，
那儿是一个长尾巴的矮人，
这儿又一个怪物：鹤腿，猫身。

17

有些东西还更加可怕，更加奇怪：
瞧，一只龙虾骑着个蜘蛛跑，
瞧，鹅头颈上顶着个死人天灵盖，
天灵盖在打转，还戴顶小红帽；
瞧，一架风磨蹲在地上跳舞，
翅膀哗啦啦地响，摇个不住；

狗叫、哄笑、唱歌、拍手、
人声、马蹄声31,无奇不有!
然而,达吉雅娜该怎样想,
当她在这群宾客中认出
那个她又爱又怕的人物——
我们小说的主人公,他也在场!
奥涅金坐在餐桌的一头,
眼睛正偷偷地盯着门口。

18

他把手一挥:怪物们都来回奔跑;
他喝酒:全都喝酒又大声叫嚷;
他一发笑:全都哈哈大笑,
他一皱眉头:全都沉默不响。
这儿的主人显然是他:
于是达吉雅娜已不那么害怕,
这时,她出于一种好奇心,
轻轻地推开一点儿房门……
突然间刮起风来,吹进门缝,
吹熄了这些夜晚的灯光;
妖魔鬼怪们大为惊慌;
这时奥涅金目光炯炯,
霍的一声立起来,站在桌边;
大家全都起立:他走向门前。

19

达吉雅娜害怕了;于是她
匆忙地极力想要逃跑:

可是逃不掉,不管她怎样挣扎;
她急得四处乱转,直想呼叫,
又喊不出声音;叶甫盖尼推开门:
这一群来自地狱的幽灵
看见一位姑娘站在它们面前;
一阵野性的狂笑;所有的眼、
蹄子、奇形怪状的长鼻子、
胡须、蓬松的长毛尾巴、
血淋淋的舌头、长长的獠牙、
犄角、枯骨裸露的手指——
一个个全都冲着她的脸,
我的!我的!齐声叫喊。

20

我的!——叶甫盖尼大喝一声,
这一群鬼怪便突然隐没;
严寒的黑暗中,这时只剩
年轻的姑娘和他两个;
奥涅金轻轻拉住达吉雅娜,32
引她到一个角落里坐下,
把她安置在一个晃动的长凳上,
又把自己的头倚向她的肩膀;
这时奥尔加突然走进屋里,
连斯基跟着她;闪过一道亮光;
只见奥涅金把手一扬,
目光粗野地来回飘移,
对两位不速之客破口大骂;
达吉雅娜气息奄奄躺倒在地下。

21

争吵愈演愈烈；忽然叶甫盖尼
抓起一柄长刀，转瞬之间
连斯基已被杀死；四周涌起
幢幢的鬼影、刺耳的呼喊……
小茅屋歪歪斜斜，晃动不停……
这时达尼娅在惧怕中惊醒……
睁眼一看，卧室里已经大亮；
结满冰花的玻璃窗上
闪动着朝霞绛紫色的身影；
门开了。奥尔加来找她姐姐，
她比北极的曙光还要艳丽些，
她飞了进来，比燕子还轻盈；
“喂，”她说，“你快告诉我，
你在梦里见到了哪一个？”

22

而那一位对妹妹睬也不睬，
她拿起一本书躺在床上，
一页一页地翻了起来，
一个字儿也不肯对妹妹讲。
虽然这本书中完全没有
诗人们那些甜美的虚构，
既不含哲理，又不写风景；
然而无论是维吉尔，拉辛①，

① 拉辛（1639—1699），法国戏剧家。

还是司各特，拜伦，塞涅卡①，
甚至《妇女时装》②这种刊物
都不曾像这样把人迷住：
朋友们，这是马丁·沙德加，33
这位星象圣人们的头目、
算卦先生、详梦家所写的书。

23

有一天，来了个串乡的货郎，
把这部内容深奥的奇书
带到了她们偏僻的村庄，
讨的价钱是三个半卢布，
连同一部残缺的《玛尔维纳》③
一并卖给了达吉雅娜。
他不仅讨去了书的价钱，
还拿走一部粗俗的寓言、
两本《彼得颂》④、一部语法书，
和一本马尔蒙特尔⑤的第三卷。
马丁·沙德加，从这一天，
便成为达尼娅心爱的人物……
当她悲哀时给她以安慰，
还形影不离地陪伴她入睡。

---

① 塞涅卡（公元前4—公元65），罗马哲学家和戏剧家，斯多葛学派的奉行者。

② 《妇女杂志》，可能是指1823年П. И. 沙里科夫公爵发行的《妇女杂志》。

③ 《玛尔维纳》，法国戈旦夫人（参见第三章第9节注）所写的长篇小说。

④ 《彼得颂》，俄国诗人阿·格鲁金采夫所写的一部长诗。

⑤ 马尔蒙特尔（1723—1799），法国作家。

24

这个梦搅得她心情激动。
她不知该怎样解释才好，
可怕的幻象是吉是凶，
达吉雅娜想在这书中找到。
达吉雅娜按照字母的顺序
在索引中把这些词查来查去：
松林、狂风、刺猬、女巫、
黑暗、小桥、风雪、熊和枞树，
以及其他词汇。而要解除疑虑，
马丁·沙德加也丝毫无用；
而她感到这个不吉利的梦
预示着许多悲哀的遭遇。
从这以后，一连几天，
她总是为这梦心神不安。

25

而从清晨的峡谷中，这时，
朝霞伸出它绛紫色的手，
给大地送来个愉快的命名日，
太阳也紧跟在她的身后。[34]
拉林家一清早便挤满客人；
左邻右舍家家阖第光临，
轿车、篷车、敞车、雪橇，

人们从四面八方纷纷来到。
前厅一片嘈杂，宾客碰来碰去；
客厅里，新结识的人正在寒暄，
孩子在哭泣，奶妈在叫喊，
还有喧哗、哄笑、门槛边的拥挤、
姑娘们的接吻、哈巴狗的吠声，
以及客人们相互的鞠躬致敬。

26

脑满肠肥的普斯佳可夫
带来了他的大块头夫人；
葛沃斯金，顶呱呱的地主，
他拥有一群穷困的农民；
鬓发斑白的斯考青宁老夫妻
带来一窝各种年龄的儿女，
从三十岁起，到两岁为止；
彼杜什科夫①，县城的浪荡子；
还有我的堂兄布雅诺夫②，
穿件细绒衣，戴顶鸭舌帽[35]
（他，当然咯，你们都知道），
还有退职的参事福里雅诺夫，
粗鄙的造谣家，老练的骗子手，

---

① 普斯佳可夫、葛沃斯金、斯考青宁、彼杜什科夫等姓氏直译是：草包、钉子、畜生、公鸡。其中一个是从同时代的戏剧家冯维辛的喜剧《纨绔少年》中借用来的。

② 普希金的叔父 В. Л. 普希金（1770—1830）所写的一部戏谑长诗《危险的邻居》中的主人公，因此作家称他为“堂兄”。在那部作品中，布雅诺夫的装束的确像这里所写的这样。

还是个贪吃鬼、赃官和小丑。

27

随同潘菲·哈尔里科夫一家，
特里凯先生也一道光临，
他戴副眼镜子，深红色的假发，
刚从唐波夫省来，人很机敏。
地道的法国人，这位特里凯
给达吉雅娜带了一支歌来，
这支歌的曲调孩子们都很熟悉：
你醒一醒吧，沉睡的美女①。
这支歌子原先是印在
一本老朽的歌曲集里，
特里凯这诗人聪明伶俐，
把它从古董里翻了出来，
并且大胆地把美丽的尼娜②，
改写成美丽的达吉雅娜③。

28

恰当此时，从邻近的市镇上
来了个军官，他管一个连队，
他是许多待嫁姑娘的偶像，
是本县许多母亲的安慰；
他进屋了……啊，多好的消息！
团部的军乐队也要出席！

①②③　原文为法语。

派他们来的，是团长本人。
可以跳舞了，多么令人兴奋！
姑娘们已经预先在手舞足蹈，[36]
然而开饭了。于是大家
依次手拉手去桌边坐下。
小姐们和达吉雅娜挤在一道，
男宾坐在对面；大家把十字画过，
一边窃窃私语，一边入座。

29

谈话声顿时打住，一片沉寂；
嘴巴在咀嚼。四面八方
只听见杯盘刀叉的敲击，
以及酒杯清脆的碰撞。
然而没多久，在场的客人
又逐渐哗然，一片喧声。
谁也不听别人，全都在吵闹，
全都在哄笑、争论和尖叫。
忽然，门开了。连斯基走进来，
奥涅金和他一起。“啊，上帝！”
女主人喊道，“来了呀，到底！”
客人们挤来挤去，大家赶快
移动自己的刀叉和座椅，
把这两位朋友安排入席。

30

正好安排在达尼娅的对面，
这时，她比清晨的月亮还苍白，

比被追逐的小鹿还心惊胆战，
一双发黑的眼睛不敢抬起来：
一股激情的烈火在心头涌起，
她感到头昏目眩，喘不过气；
两位朋友的祝贺她听不见，
泪水直想冲出她的眼帘；
我们这位可怜的女主人公
眼看就要昏倒在地上；
然而，意志和理性的力量
终于战胜。她透过牙缝
用两个字轻轻地作了答复，
勉强支撑着在桌边坐住。

31

眼泪，年轻姑娘的昏倒，
这些神经质的悲剧性表现，
叶甫盖尼早已忍受不了：
他早已受够这些，感到厌烦。
见到这场十分盛大的筵席，
这位怪人早已是满腔怒气。
再加上这位忧伤的女郎，
一副战栗的激动模样，
他气恼地半闭着他的眼睛，
发誓要激怒一下连斯基，
好好儿出一出心头的闷气。
此刻，以预祝胜利的心情，
他开始在心中默默描下
每一位客人的肖像漫画。

32

当然，并非叶甫盖尼一个人
能看出达尼娅的这副窘相，
不过这时全部目光和议论
都集中在油腻的馅儿饼上。
（可惜，这馅儿饼味道太咸。）
烤肉来了，没上甜食以前，
已经先送上一瓶瓶树脂封口、
齐姆良出产的香槟美酒；
接着送上一排排的酒盅，
细长的酒盅啊，像你的腰身，
姬姬[①]，我的灵魂的结晶，
我曾用真情的诗篇把你歌颂，
你啊，爱情的迷人的大杯，
你曾经多少次把我灌醉！

33

拔掉瓶上湿漉漉的瓶塞，
酒瓶发出“砰”的声响；
美酒嗞嗞地流；这时特里凯
早已为他的歌憋得发慌，
便郑重起立，整个大厅
顿时安静下来，鸦雀无声。

---

① 即叶夫普拉克西亚·尼古拉耶夫娜·沃尔夫（1810—1883），普希金的朋友 A. H. 沃尔夫的姐姐，奥西坡夫家族的一位小姐。当年她在三山村住，与普希金的米哈伊洛夫斯克村靠近，那时这两处每次酒筵，都由她主持。她非常会做俄国烧糖酒，普希金一首有名的小诗《如果生活欺骗了你》就是在她的纪念册上写下的。

达吉雅娜几乎透不过气来；
手持歌谱面对她，特里凯
不成腔调地唱着。人们鼓掌、喊叫，
向他致敬。而她出于礼节，
也不得不对歌手表示感谢；
这诗人虽伟大却并不高傲，
他首先举杯祝她健康，
并且把歌词向她献上。

34

大家也跟着祝贺、敬礼；
达吉雅娜对客人感谢一番。
然而，轮到了叶甫盖尼，
这位女郎那憔悴的容颜，
还有她困窘、倦怠的神情，
顿时勾起了他的怜悯：
他对她默默地鞠一个躬；
然而，不知为什么，他的眼中
显出奇特的温柔来。是什么道理，
难道他内心真有所触动，
抑或逢场作戏，将风情卖弄？
是情不自禁，还是出于善意？
反正这目光中流露出柔情：
这目光活跃了达尼娅的心灵。

35

一阵移动座椅的喧响；
人们成群地往客厅涌动：

像蜜蜂飞出甜蜜的蜡房，
闹嚷嚷乱纷纷飞向田垄。
非常满意这顿命名日的筵席，
邻居们促膝而坐，大声喘气，
太太们围绕在火炉旁边；
姑娘们挤在角落里低声倾谈；
赌桌上的绿台布已经铺开：
老人喜爱的罗别尔①和波斯顿②
正把急切的赌客们招引，
还有至今流行的惠士特牌，
这些单调玩意儿出自一个家门，
都是贪婪的无聊豢养出的子孙。

36

打惠士特的一群英雄好汉
已经玩过了整整八局，
一共八次把座位交换，
仆人送茶了。我就喜欢根据
午餐、茶以及晚餐来看时间。
在乡下如果要把时间判断，
我们不必费多少辛劳：
肚子是我们可靠的闹表；
我要在这儿顺便指出，
我在我的这些诗节里，
有不少地方谈到了筵席，
谈到各种瓶塞和食物，
神圣的荷马啊，像你一样，

---

①② 扑克牌的两种不同赌法。

你这位三千年来的偶像！

37、38、39

但是茶送来了。那些姑娘，
刚刚斯文地把杯碟接在手里，
忽然，客厅里笛管悠扬，
穿过房门传入了耳际。
号称附近市镇上的帕里斯①，
彼杜什科夫来邀奥尔加入池，
雷鸣般的音乐使他快乐，
宁肯把甜酒茶丢开不喝。
连斯基邀请了达吉雅娜；
哈尔利科娃这位老姑娘
被唐波夫省的诗人抓住不放，
布雅诺夫则奔向布斯佳可娃，
于是人人都涌入大厅中，
舞会开始，大家兴致正浓。

40

我曾希望像阿尔巴尼②那样，
在我的小说的头几页内，
（请你们先去读读第一章）
描写一下彼得堡的舞会；
然而胡思乱想令我心神不定，
我一直在回忆过去的事情，

---

① 帕里斯，荷马史诗《伊里亚特》中拐走海伦的美男子。

② 阿尔巴尼（1578—1660），意大利画家，以画神话题材著名。

想起我认识的太太们的小脚。
小脚啊，我不能再神魂颠倒，
只顾跟踪你纤巧的足印！
我的青春已经和我告别，
我应该变得更聪明一些，
处世、写诗，都应有所改正，
并且在这个第五章的诗里
清除掉那些离题的东西。

41

好似年轻时生命中的旋风，
华尔兹喧嚣的旋风正在飞转，
单调无味，仿佛是发了疯；
男男女女一对对闪过眼前。
发泄怒气的时机已经临近，
暗暗地一笑，他，奥涅金，
走向奥尔加，并且马上
和她飞舞在客人们身旁，
舞罢又带她去桌旁坐下，
跟她谈这个，又谈那个；
几分钟的时间便匆匆混过，
继续再跳华尔兹，还是跟她；
大家都很诧异。连斯基本人
甚至不敢相信自己的眼睛。

42

开始奏起了玛祖卡舞的乐曲。
过去，每当这乐曲雷鸣般轰响，

宽敞的大厅中一切都会战栗，
脚下的地板喀喀响，像要垮掉一样，
窗棂也会颤动，甚至裂开；
如今不然：我们也像那些太太，
只在油漆地板上轻轻价滑动。
不过，在小市镇上或在乡村中，
玛祖卡舞到如今依然保存
它那最初兴起时的风采：
跳跃、脚后跟、八字胡，依然存在；
甚至邪恶的时髦，我们的暴君，
当代俄罗斯人的不治之症，
也无法将这些加以变更。

43、44

布雅诺夫，我的冒失的堂兄，
把奥尔加，连同达吉雅娜，
引来见我们的这位主人公；
奥涅金立即又带走奥尔加，
漫不经心地带上她一闪而去，
并且弯下腰对她柔声低语，
说几句俗不堪耐的恭维话，
还捏捏她的小手儿——引得她
自尊自爱的圆圆的脸蛋儿上，
燃起更鲜亮的红霞。我的连斯基
全看在眼中：他无法控制自己，
嫉妒的愤怒在他心中激荡，
一等到这一场玛祖卡曲终，
他便去邀她同跳一曲卡吉隆①。

① 一种八人两两对跳的法国舞。

45

但她不能奉陪。不能？什么道理？
原来奥尔加已经在他之前
答应了奥涅金。啊，上帝！上帝！
他听见的是句什么话？她居然……
这可能吗？乳臭未干的她，
轻浮的小丫头，竟会是水性杨花！
她已经在玩弄狡猾的手段，
她已经学会变心和背叛！
连斯基无力承受这种打击；
他一边诅咒女人的奸诈，
一边走出门去，要来他的马，
纵身疾驰而去。子弹两粒，
手枪一对——再没别的话可说——
他的命运便这样突然定夺。

第六章[①]

在那岁月阴暗而短促的地方，生长着一个不以死为苦的种族。

——彼特拉克[②]

① 本章1826年在米哈伊洛夫斯克村写完。准确日期不详,因为手稿没有保存下来。在最初的末节(即现在的第45节)之后注有1827年8月10日的日期。这一节显然是在全章结束之后很久补写的。后来大约又过了一段时间,才再写了两节补上去,在最后定稿时,作者又把这两节并为一节,并把它们原样抄在注释里。本章1828年3月23日在彼得堡出版,章末注明:“第一部完”。题词取自意大利诗人彼特拉克(1304—1374)的情诗《贾坷摩·珂隆纳》的第1节。

② 原文为意大利语。

1

发现弗拉基米尔已不在场，
奥涅金重又烦闷不已，
他在奥尔加身边暗自思量，
对自己的报复很是得意。
奥莲卡接着也呵欠不停，
她在找连斯基，睁大着眼睛，
这场没完没了的卡吉隆①
让她厌烦，像一场沉重的梦。
终于结束。大家共享晚餐。
床铺已为宾客准备停当；
安排客人们过夜的地方，
是从走廊到女仆的下房门前。
大家都需要睡一个好觉。
只有我的奥涅金独自走掉。

2

大家都安静下来：客厅里，
肥壮的普斯佳可夫正在打呼噜，
身边是他那位肥壮的娇妻。
葛沃斯金、布雅诺夫、彼杜什科夫
以及福里雅诺夫——他身体不大健康，
都在餐厅里躺下，拿椅子当床，

---

① 旧时一种舞蹈。

特里凯先生在地板上睡觉，
他穿件绒线衫，戴顶旧睡帽。
姑娘们都已在达吉雅娜
和奥尔加两人闺房里入眠。
独自一个人，郁郁地伫立窗前，
沐浴着狄安娜静静的光华，
可怜的达吉雅娜她没有安歇，
她在凝望着漆黑的田野。

3

他目光中那刹那间的柔情，
他的这次突如其来的造访，
他在奥尔加面前的奇特行径，
全都深深地印在她心坎上；
她怎样也不理解他这个人，
嫉妒的痛苦搅扰着她的心，
仿佛有一只冰冷的大手
紧紧地压在她的心头，
她脚下仿佛是一个无底深渊，
黑沉沉深不见底，水声喧嚣……
“我要毁了，”——达尼娅说道——
“不过为他毁掉，我心甘情愿。
我不抱怨：何必怨天尤人？
把幸福给予我，他，不可能。”

4

我的故事啊，讲吧，往下讲！
有一个新的人物在向我们召唤。

离开连斯基所住的地方——
红山头村，大约有五里路远，
在那富于哲学意味的荒野里，
住着一位至今健在的扎列茨基；
当年，他曾是个不安分的暴徒，
是赌棍党羽里的一位头目，
酒店的喉舌，浪荡子的领袖，
如今他是既朴实又善良，
是他整个家族的独身家长，
和气的地主，可靠的朋友，
甚至还是一个忠厚老实人：
我们的时代正在如此地改进！

5

往常，社交界阿谀的声音
曾大肆赞扬他浑身的蛮勇：
的确，他用手枪瞄准红心，
即使隔五沙绳①也能命中。
更因为，有一次和法国人作战，
他兴高采烈，非同一般，
从卡尔梅克②战马脊背上，
勇敢地一跤跌进了泥塘，
又喝得酩酊大醉，便只好
俯首就擒：好一件高贵的抵押品！

---

① 沙绳，俄丈，相当于 2.134 米。
② 卡尔梅克，俄国的一个少数民族。

这位当代的拉古尔①,荣誉之神,
如今甘愿再一次置身镣铐,
以便每天清早去维拉酒店37,
喝上三大瓶,不掏现钱。

6

往常,他喜欢拿别人来寻开心,
他善于愚弄那些傻瓜蛋,
也会巧妙地欺骗聪明人,
或是暗中捣鬼,或是明目张胆。
虽然有时,他要弄别人,
也难免会受到一顿的教训,
虽然有时他自己也会上当,
表现得真像个蠢货一样。
他善于兴致勃勃地与人争论,
应答有时愚蠢,有时灵巧,
有时,他精明地跟别人争吵,
有时,又精明地守口如瓶。
他会挑拨年轻的朋友,
唆使他们去进行决斗,

7

或者,又设法使他们和解,
以便三人共享一顿早餐,

---

① 拉古尔(公元前250年左右逝世),罗马名将。为争夺地中海的霸权,罗马和迦太基屡次交战,拉古尔某次战败被俘。他保证不私自逃跑,后来迦太基派他出使罗马,事情办完后他仍重新回到迦太基去做俘虏。

事后又背地里造谣污蔑，
拿他们当笑料糟蹋一番。
然而韶光易逝！[①] 他的豪勇
（像另一种恶作剧——爱情的美梦）
已随活泼的青春一同逝去。
如前所述，我的扎列茨基，
躲进野樱桃和洋槐的阴凉，
终于把人世的风险摆脱，
过起一种真正的圣贤生活。
像古罗马的贺拉斯那样，
种种白菜，养养鸭，养养鹅，
再给孩子们教几堂启蒙课。

8

他并不愚蠢，我的叶甫盖尼
虽然对他的心肠并无好感，
却喜欢他各种见解的精辟
和对各类事物的明智判断。
平时奥涅金总是高兴见到他，
因此今天也不感到惊讶，
当他发现扎列茨基已经来到，
虽然这还是一大清早。
彼此寒暄几句，刚开始谈话，
这位先生便停住不往下讲，
两眼含着笑对奥涅金望望，
把诗人的一封信交给了他。
奥涅金接过信走到窗前，

① 原文为拉丁文。

默默无声地读过一遍。

9

这是一封挑战书，也称战表①，
一项和气、高贵、简短的请求：
措词冰冷而又明确，很有礼貌，
连斯基邀他的朋友跟他决斗。
奥涅金没有丝毫的犹豫，
他向受托而来的使者转过身去，
回答得简短而又干脆，
他说，他随时准备奉陪。
扎列茨基不做解释，立即起身；
他也不打算在此久坐，
家里的事情还有许多，
他马上走了；叶甫盖尼一个人
留下来，和自己的灵魂面对着面，
他对他自己非常地不满。

10

理当如此：他暗暗审判自己，
又进行十分严格的反省，
他知道自己很没有道理：
首先，对羞怯、温柔的爱情
他昨夜戏弄得那样轻率，
这一点已经是很不应该。
其次，就算是诗人做得不对，

① 原文为斜体字。

但是他才只有十八周岁，
也可以原谅。叶甫盖尼既然
满心喜欢这个年轻人，
就不该如此地好斗成性，
不该像个冒失的孩子一般，
不该让偏见拿自己当作玩物，
应该做个有头脑的磊落大丈夫。

11

他本可以表露一番真情，
不必毛发竖立，像野兽一般；
他本该使这颗年轻的心灵
解除武装。“然而，为时已晚，
时间已经飞逝而去……
再说——他想着——这件事情里
又插进个老练的决斗专家；
他恶毒，善造谣，爱说废话……
当然，他只为博人一哂，
本可以用轻蔑给予回报，
而那些蠢货们的嘀咕、嘲笑……”
这就是所谓的社会舆论！[38]
荣誉的动力，我们的偶像！
整个世界都旋转在这根轴上！

12

难忍的仇恨在心头沸腾，
诗人在家中等待着回答；
恰当此时，那位饶舌的邻人

带来了郑重的回信给他。
嫉妒的人儿这时多么地高兴！
他一直在担心，怕这恶棍
又来随意地开一个玩笑，
再想出另外一套花招，
便从枪口下躲开了胸膛。
如今这种顾虑已经打消：
他们二人将在明天清早，
黎明之前，去磨房近旁，
扳起枪机来，怒目相对，
瞄准对方的额角或是大腿。

13

愤怒的连斯基原本不想
决斗前再和奥尔加见面，
他下决心要恨这个轻薄的姑娘，
然而，看看太阳，看看钟点，
终于，他还是把手一摆——
又走到女邻居们的家里来。
他想窘一窘这个奥莲卡，
他以为她见到他会显得惊讶；
而事实不然：和往常一样，
一看见可怜的歌手，奥莲卡
便跳出门前的台阶来迎接他，
她仿佛一个飘忽不定的希望，
她若无其事，毫无改变，
她活泼、愉快，一如从前。

14

“干吗昨儿晚上那么早就不见了？”
这是奥莲卡的第一个问题。
连斯基心头的感觉完全乱了，
他只能默默地低下头去。
面对这温柔含情的单纯，
面对这生动活泼的灵魂，
面对这晶莹明亮的目光，
嫉妒和不满早已经不知去向！……
他在绵绵柔情中向她凝望；
他看出：他仍然是她的情人；
他感到阵阵痛苦的悔恨，
他已准备请求她的原谅，
他浑身战栗，说不出话来，
他幸福啊，他几乎无病无灾……

15、16、17

他又重新陷入忧伤与沉默，
在自己可爱的奥尔加面前，
弗拉基米尔显得非常之软弱，
他不敢对她再提起昨天；
他暗想：“我要做个拯救她的人。
我不能容忍这个淫乱的恶棍
用他那叹息和奉承的火焰
把这颗年轻的心灵诱骗。
这只蛆虫他恶毒而卑劣，
不能让他伤害百合花的嫩芽，

不能让这朵刚开两天的小花
不到盛开时，便枯萎凋谢。”
所有这些啊，都意味着，朋友，
我要和我的知己开枪决斗。

18

假如他知道，怎样的创伤
正灼烧着达吉雅娜的心灵！
假如达吉雅娜这位姑娘
有可能晓得了这些事情，
晓得连斯基、叶甫盖尼明天
将要争着去跨越坟墓的门槛；
啊，也许她会凭她的爱
让两位朋友重新拉起手来！
然而偏巧，她这次冲动的激情
至今不曾被任何人识破。
奥涅金什么话也没有说过，
达吉雅娜只在暗地里伤心；
惟有奶妈一个人可能知道，
而她却又是那么木头木脑。

19

连斯基整个黄昏心神不宁，
他时而沉默，时而快乐；
不过，迷醉于缪斯的人
一向是如此的。他双眉紧锁，
坐下来弹了一会儿钢琴，
总是弹奏出同一组和音；

有时他凝视奥尔加,全神贯注,
低声说:难道不是吗? 我幸福。
然而该回家了,天色已晚。
他的心紧压着,充满悲切;
当他向年轻的姑娘告别,
他的心真像要裂成碎片。
她两眼凝视着他的面庞。
“你怎么啦?”——“没什么。”——他踏上门廊。

20

回到自己家中,他把手枪
从盒子里取出来检查一番,
又放回盒中,再脱掉衣裳,
打开席勒的诗集,把灯点燃;
然而一个思想盘踞在心间;
他的忧伤的心啊不能入眠:
他看见他面前站着奥尔加,
她的美他无法用言词表达。
弗拉基米尔又合上了书,
拿起一枝笔;他的诗句
满载爱情的胡言乱语,
铿锵地倾流,他高声朗读,
胸中燃烧起抒情的烈火,
像是宴会上酒醉的戴里维格①。

① 戴里维格(1798—1831),普希金的同学和知己,也是文学事业上的同志。普希金说过:“世界上没有任何人比戴里维格跟我更亲近。”

21

这首诗意外地保存下来，
我手边就有；这儿便是：
“你远远地逝去了，而今何在，
我的春天的金色的时日？
明天啊，为我准备下什么？
我的目光徒劳地将它捕捉，
它在茫茫的黑暗中消隐。
不必了，命运的法则一向公正。
我将被一支箭射中倒毙，
或是这支箭只飞过我的身边，
都同样地好啊：无论是醒是眠，
预定的时辰都不可逃避；
也是幸福啊，那白昼的烦扰，
也是幸福啊，那黑夜的来到！

22

清晨，当旭日的朝晖显露，
晴朗的白昼开始闪亮；
而我——或许，已进入坟墓，
进入一片神秘的阴凉，
勒忒河的水啊缓缓流去，
将会吞没对年轻诗人的记忆，
世界将会忘掉我；但是你可会，
美丽的姑娘，把几滴清泪
洒在我的夭折的尸骨上，
并且想到：他曾经爱过我，

他曾经对我一人奉献过
他动荡生涯的惨淡曙光！……
心爱的朋友，我在期待着你，
来吧，来吧：我是你的伴侣！……”

23

就这样，他写得**萎靡**、**晦暗**，①
（我们把这叫作浪漫主义，
虽然在这里我并没有找见
所谓的浪漫主义；这有什么关系？）
终于，在朝霞露面之前，
刚写到理想这个时髦的字眼，
困倦的头颅不由得向下低垂，
连斯基静静地昏沉入睡；
然而，当他刚刚进入梦境，
睡梦的魅力令他把一切遗忘，
那位邻居已步入寂静的卧房，
他大声地把连斯基喊醒；
“已经七点钟啦，您早该起身。
奥涅金一定早就在等候我们。”

24

然而他错了：叶甫盖尼
此时尚在深沉的梦中。
黑夜的阴影已逐渐疏稀，
雄鸡和启明星已经相逢，

① 这里普希金是在暗讽诗人丘赫尔别凯对哀歌的评论。原文为斜体字。

奥涅金仍然沉睡不起。
太阳已高高挂在天际，
一阵阵风雪飘忽而过，
飞舞在空中，闪闪烁烁；
叶甫盖尼还躺在床上，
梦神还盘旋在他的头顶。
终于他从美梦中苏醒，
伸手拉开两旁的幔帐；
一瞧——才知道，天色已经不早，
出发的时刻早已经来到。

25

他连忙打铃把仆人召唤。
法国仆人吉罗跑进屋里，
递过他的便鞋、长衫，
又给他送上一件衬衣。
匆匆穿好衣装，奥涅金
吩咐仆人也准备动身，
随同他一起乘车前往，
带上装在盒里的手枪。
已经备好快速的雪橇，
他坐上雪橇向水磨房飞奔。
他们疾驰而来。他命令仆人
把他的凶器*列帕萨*[1] [39] 拿好，
跟在他身后，将驾车的马
牵往地头的两棵橡树下。

---

[1] 原文为斜体字。

26

连斯基侧身靠在堤坝上，
早已经等候得很不耐烦；
这时，我们的乡下机器匠
扎列茨基，正在端详着磨盘。
奥涅金走过来，表示了歉意。
“可是您的证人在哪里？”
扎列茨基问道，他很奇怪，
这位决斗的学究和古典派，
他讲求方式是出于情感，
他可以允许你把人杀死——
但却不允许草率从事，
你必须遵守艺术的严格条款，
必须遵照全部古老的传统做法
（凭这点我们就应该赞扬他）。

27

“我的证人吗？”——叶甫盖尼讲——
“是他，我的朋友麦歇吉罗①，
我提议请他来陪我出场，
我想您不会反对我这样做：
他虽然没有多大的名声，
不过，当然啦，是一个正直的人。”
扎列茨基咬了咬他的嘴皮。
奥涅金转过身又问连斯基：

---

① 原文为法语，意为：吉罗先生。音译为：麦歇吉罗。

"怎么,开始吧?"——"开始,好!"——
弗拉基米尔回答。于是
两人向磨房后边走去。这时,
扎列茨基正和正直的人一道
在远处进行着重要的谈判,
仇人们站在那儿,低垂着眼睑。

28

仇人!曾几何时,血的渴望
使他们分道扬镳,相互背叛?
曾几何时,他们一同谈思想,
谈事业,共度闲暇,共进晚餐?
他们曾经是一对好友,
而今怒目相视,如世代冤仇,
仿佛一场难以理解的噩梦,
他们彼此在不声不响中
冷酷地为对方准备着死……
他们可该相视一笑,和和气气,
趁两人手上还未染上血迹,
大家各自东西,分手了事?……
奇怪的是,上流人之间彼此反目
仅仅是因为惧怕虚假的羞辱。

29

瞧那两枝枪已在闪闪发光。
榔头敲着通条,响声铿铿。
子弹已装进磨光的枪膛,
枪机已开始咔嚓有声。

瞧那水流似的灰色火药
洒进了枪膛一边的药槽，
齿状的打火石已经拧紧，
翘在枪机上。吉罗心神不宁，
在附近树桩后呆立不动。
扎列茨基以他出色的精密，
丈量出三十二步的距离，
两位仇人扔下自己的斗篷，
由他把他们分别引向一方，
他们各自端着自己的手枪。

30

“现在朝前走。”
　　　　　　　　两个仇人
尚未举枪瞄准，神色冷酷，
步履坚定、悄然、平稳，
他们都已走过最初的四步，
这是四级通向死亡的阶梯。
恰在这时候，叶甫盖尼，
一边不停地走向前方，
一边静静地首先举起了枪。
瞧他们又走过五步路程，
这时连斯基，眯起左眼，
也开始瞄准——而在这一瞬间
奥涅金开枪了……命定的钟声
敲响：诗人松开了手中的枪，
什么话也没讲，枪落在地上。

31

他用手轻轻地捂住胸部，
倒了下去。他模糊的目光
描绘的是死亡，不是痛苦。
仿佛是，沿着倾斜的山岗，
一团雪球缓缓地向下滚落，
太阳照耀着它，银光闪烁。
奥涅金突然感到浑身冰凉，
连忙奔到这个年轻人身旁，
望着他，呼唤他……毫无办法：
他已经死去。年轻的歌手
过早地走到了生命的尽头！
狂风陡起，一朵美丽的花
竟在清晨的朝霞中凋谢，
一盏神坛的明灯就此熄灭！……

32

他一动不动地躺着，额头
显出奇异的倦怠的平静。
子弹打穿了他的胸口；
鲜血冒着热气，涌流不停。
仅仅只是一刹那之前，
 这颗心里还跳动着灵感，
 跳动着仇恨、希望和爱情，
 生命在闪耀，血液在沸腾：
 而如今，像一座废弃的住房，
 里面的一切都幽暗、寂静，

这颗心从此沉默无声。
心房的百叶窗已经关上，
玻璃涂上白粉。没有了主人。
去哪儿了？天知道。杳无音信。

33

开心的是，写一首挑衅短诗
激怒咎由自取的仇人，惹他气恼；
开心的是，看见他，尽管固执，
也得垂下他那双好斗的犄角，
还禁不住要往镜子里瞧一阵，
这就是自己？——他耻于承认；
更让您开心的是，朋友，如果
他愚蠢地咆哮说：这就是我！
尤其令您开心的事还有一件：
悄悄为他把光荣的棺木准备好，
再偷偷瞄准他苍白的鬓角，
还有一段高尚的距离隔在中间；
然而送别人九泉之下去见祖宗，
这种事未必会让您兴致冲冲。

34

您会怎样想呢，如果您的枪
将您的一个年轻的朋友打死，
只为他一次傲慢的回答或目光，
或是为一件无聊的小事
他酒后失言，惹您生气，
或者，甚至就是他自己

一时激愤,傲然向您挑战?
请您告诉我;什么样的情感
将会占据着您的心灵?
当他一动不动地躺在地上,
在您面前,额头显现着死亡,
身体在渐渐地变得僵冷,
任您对他如何绝望地叫喊,
他都不能听见,他沉默不言。

35

叶甫盖尼眼睛望着连斯基,
一只手把手枪握得很紧,
他陷入内心负疚的痛苦里。
“喏,怎么着? 死啦。”——邻居断定。
死啦! ……这声恐怖的惊叹
使他丧魂落魄、心惊胆战,
他立刻走开去喊叫别人,
扎列茨基则把发冷的尸身
小心翼翼地放进了雪橇;
把这可怕的宝物运回家去。
马儿嗅到了死尸的气息,
喷响鼻,挣扎着乱蹦乱跳。
白色的唾沫把马勒浸湿,
马儿箭一般向前飞驰。

36

我的朋友,你们怜惜这位诗人:
风华正茂,充满欢乐的希望,

却未能为人间实现它们，
刚刚脱下孩提时的衣裳，
便凋萎了！他的灼热的激情，
和他心头的高贵的憧憬，
年轻、崇高、温柔、大胆的思想
和情感，如今又都在何方？
哪儿是他风暴般爱的欲望，
哪儿是他对劳动和知识的渴慕，
哪儿是羞耻和罪恶带给他的恐怖，
还有你们啊，那些珍贵的想像，
和你们，天堂生活的幻景，
和你们，神圣的诗的梦境！

37

他生来或许是为造福人间，
或许是只为猎取自己的美名；
他的竖琴本会铿锵数千年，
而今这竖琴已哑然失声。
诗人在社会的阶梯上，或许，
本来应该占有高高的一级。
或许，他的阴魂饱尝痛苦之后，
已将神圣的秘密随身带走，
因此，他那鼓舞人心的声息
对于我们早已经杳无影踪，
千秋万代对他的歌颂，
各族人对他的赞扬和感激，
隔一层飘渺的生死界线，
将永远传不到他的耳边。

38、39

或许，也可能会是如此：
等待诗人的是平凡的一生。
青春的华年会匆匆飞逝：
心灵的火焰会变得冰冷。
他可能会发生许多变化，
和缪斯分了手，娶妻成家，
他很幸福，戴上顶绿帽子，
住在乡下，穿一件棉袍子；
他可能实在地了解了人生，
四十岁上，他患了关节炎，
吃喝、发胖、衰弱、心烦，
于是，到头来他安安静静
死在自家床上，身边一群子女，
几个哭丧婆和几位庸医。

40

然而，这一切全是一场空，
唉！读者啊，这位沉思的幻想家，
这位诗人和年少的多情种，
已经死在他的朋友的手下！
在这位灵感的骄子住所近旁，
村子左边有一个地方：
那儿两株青松根须交错；
青松下几条溪水蜿蜒流过，
它们的源头在邻近的峡谷间。
农夫们喜欢来树下休息一阵，

来这儿取水的割草女人
把响声清脆的瓦罐浸入清泉；
那儿，浓阴深处，面临溪水，
竖立起一块平常的墓碑。

41

一个牧羊人（每当绵绵春雨
开始滴进长满禾苗的田野）
会唱着伏尔加船夫的歌曲，
在墓前编结他斑驳的树皮鞋；
有一位城里的年轻女士，
来到乡间消度她的夏日，
当她独自一人骑马出游，
穿过田野疾驰的时候，
她可能勒马停在墓碑前，
拉紧手中皮制的马缰，
顺手将面纱撩向一旁，
对朴素的碑文扫上一眼——
这时，她一双柔情的眼睛
会被泪水浸润得迷蒙不清。

42

她缓辔离去，踏入旷野，
沉浸于一片幻想的梦境；
对连斯基命运的深深关切
不禁久久地占据着她的心；
她在想："奥尔加后来怎样？
她的心是否会长久悲伤？

或者眼泪很快便会止住？
她的姐姐如今又在何处？
那逃避人群和社会的人，
时髦美人们的时髦仇敌，
是他把年轻的诗人置于死地，
那阴郁的怪人，他又在哪里藏身？”
我将会把这一切详详细细、
毫无遗漏地全都交待给你，

43

然而不是现在。对男主人公
我的热爱虽是出于真诚，
虽然无疑地我要和他重逢，
然而此刻我没有这份心情。
年纪趋向严肃的散文，
年纪厌弃戏谑的诗韵，
而我呢——我承认，也有些惋惜——
也懒于去追求诗情画意。
我的笔啊已经不像早先，
已不想再飞速地涂抹纸张；
另一些幻想，冷静的幻想，
另一些忧患，严峻的忧患，
在尘世的喧嚣中和寂静中
不断地惊扰着我心灵的梦。

44

领略到另一些心愿的声息，
我也领略到新的忧愁；

对新的心愿，我毫无希冀，
而旧的忧愁啊却令我勾留。
幻想啊，幻想！哪儿是你的甘甜
和那永远与甘甜押韵的华年①？
难道说青春华年的花冠到头来
当真是已经永远衰败、衰败？
难道说我美好的青春时光，
不曾有一点儿哀歌的奇趣，
便已真正、确实地飞逝而去
（像我一向开玩笑所说的那样）？
难道说它真是一去不复回？
难道说我真是快到三十岁？

45

就这样，我的中午已经到来，
我知道，这一点我必须承认。
那么，好吧：让咱俩友好地分开，
你啊，我的飘忽不定的青春！
我感谢你，为了那些享乐、
那些哀伤、那些甜蜜的折磨、
那些喧哗、那些风暴和筵席，
为一切、一切你所给我的赠与；
我感谢你。无论我心绪安宁
或是纷乱，你都曾给我以快乐，
你都曾被我……充分地享受过；
够啦！而今，怀着明朗的心情，
我要向一条新的道路走去，

① 原文为斜体字。

抛开旧日的生活，休息休息。

46

且让我回首一顾。再见吧，浓阴，
那儿，我的岁月流逝在荒野中，
充满懒散的日子，充满激情，
充满沉郁的心灵所做的梦。
然而，你，我的年轻的灵感，
你要把我的想像激为波澜，
要活跃我昏沉欲睡的心怀，
你要更勤地向我这儿飞来，
我求你，别让诗人的一颗心，
变得冷酷、无情，甚而僵死，
到头来在社交界里化作顽石，
社交界寻欢作乐、麻木不仁，
亲爱的朋友啊，它是个无底深渊，
你和我，我们大家都浮游在里边！[40]

第 七 章[1]

莫斯科，俄罗斯宠爱的女儿，
上哪儿去找一个比得上你的城？

——德米特里耶夫

怎么能不爱亲爱的莫斯科？

——巴拉登斯基

说莫斯科不好！就是说你见识广！
哪儿更好呢？
　　　那没有我们的地方。

——格里鲍耶多夫[2]

① 第六章结束后普希金立即开始写第七章，时断时续，1828 年 11 月 4 日在马林尼卡写完，1830 年 3 月 18 日出单行本。

② 第一个题词引自伊·伊·德米特里耶夫的诗《莫斯科的解放》（1795）。第二个题词引自叶·阿·巴拉登斯基的诗《酒宴》（1820）。第三个题词引自格里鲍耶多夫的著名喜剧《智慧的痛苦》。

1

春天的阳光从邻近山头
开始把积雪往下驱赶，
雪水汇成混浊的溪流
注入那已被淹没的草原。
大自然面带明丽的笑容
迎接一年之晨，睡眼惺忪；
天空泛出蔚蓝，闪耀着光芒，
树林里虽然仍稀疏透亮，
却已有毛茸茸一片绿意。
蜡制的禅房里飞出了蜜蜂，
飞出去征收田野的贡奉：
山谷雪水退尽，斑驳绚丽，
一群群牲畜在田野上闹腾，
静夜中传来夜莺的纵情歌声。

2

你的来临勾起我多少忧怨，
春天啊，春天，恋爱的季节！
是怎样一种慵倦的波澜
侵入我的心田、我的血液！
置身于乡村寂静的怀抱中，
我心头的情思却十分沉重，
我尽情领略荡漾的春光，
任习习春风吹拂着我的面庞！

或许是，我和享乐已了无缘分，
令人愉快、令人振奋的大千世界，
欢腾雀跃、光辉灿烂的大千世界，
对于我早已死去的心灵，
只徒然引起厌倦和忧伤？
在我的心中是否一切都黯淡无光？

3

或许是，我们并不高兴
去秋的落叶今又重返，
一旦听到树林中新的喧声，
便回忆起失去它们时的心酸；
或许是，由于自己心头的惶惑，
面对大自然的生气勃勃，
我们不禁联想到年华凋残，
青春逝去，永远不再回还？
也可能是，透过诗一般的梦境，
脑海中浮起对往事的思念，
回忆起另一个逝去的春天，
于是，由于对遥远他乡的憧憬，
幻想着奇妙的夜晚，月色悠悠，
心中不禁涌起阵阵的颤抖……

4

这正是时候：生性善良的懒汉，
无忧无虑的会享清福的人，

你们，伊壁鸠鲁①式的圣贤，
你们，莱夫辛 41 学派的儿孙，
你们，庄园里的诸位普利姆②们，
还有你们，多愁善感的夫人，
春天正召唤你们到乡间去，
这是春暖花开的耕作时机，
这是乘着令人销魂的夜色
聚众游乐饮宴的好时间。
到田野去，朋友！切莫迟延，
快驾上你们满载的轿车，
套上自家的或是驿站的马，
悠悠然驰出城镇的关卡。

5

还有您，高雅的读者先生，
请坐上您国外定制的车辆，
离开这座骚乱不宁的城——
您冬季寻欢作乐的地方；
和我的任性的缪斯一道，
去乡下听听橡树林的喧闹，
那儿有一条无名的小溪，
溪边村子里，我的叶甫盖尼，
那位阴郁的隐士，他懒懒散散，
不久前曾和年轻的达尼娅，

---

① 伊壁鸠鲁，古罗马伟大的唯物主义哲学家，大约生于公元前 300 年左右。西方哲学史家过去有一种流行的看法，说伊壁鸠鲁是“感觉主义者”和“享乐主义者”，普希金这里是借用这种观念，用“伊壁鸠鲁式的贤者”来称呼那些喜欢游玩的人们。

② 普利姆，荷马史诗《伊里亚特》中特洛伊的国王，巴里斯的父亲。这里指那些俄国的外省地主老爷们，他们在自己的领地上也俨然是一个君王。

我的那位可爱的女幻想家，
结邻而居，过了一个冬天；
而今他早已不知何处去……
那儿只留下他忧伤的足迹。

6

在蜿蜒的半圆形群山之中，
我们且走向那条小溪旁，
它曲曲弯弯穿过菩提树丛，
流向大河，流经绿色的牧场。
那儿，夜莺，春天的情人，
整夜地歌唱，野蔷薇花开正盛，
听得见一泓清泉的细语淙淙——
那儿，两株老松树的浓阴中，
还可以看见一块墓碑。
碑文向来访的人们叙述：
“弗拉基米尔·连斯基葬于此处，
他于某年某月，正当多少岁，
不幸夭折，像勇士般死去。
年轻的诗人啊，愿你安息！”

7

在这抔卑微的黄土上空，
在松树低垂的枝丫中间，
往常，每当吹起一阵晨风，
会摇动一只隐秘的花环。
往常，每当闲暇的傍晚，
会有两位姑娘来到墓前，

两人在坟堆边，在那月光里，
紧紧拥抱着，痛哭流涕。
而今……凄凉的墓碑已无人过问，
常来的脚印已经不再看见，
那枝头也不再晃动着一只花环；
只有个白发苍苍的牧羊老人，
依然常常来这抔黄土前停歇，
唱着歌儿编结他的树皮鞋。

8、9、10

我可怜的连斯基啊！为了你，
她也曾伤心，但却没有哭多久。
唉！你的年轻的未婚妻，
她并不忠于自己的哀愁。
另有人引动了她的芳心，
另有人使她的痛苦平定，
用几句情场中谄媚的话，
一位骁骑兵①便俘虏了她，
她也由衷地爱上了骁骑兵……
她便跟着他来到那神坛前，
羞答答地戴上了一顶花冠，
低垂着头儿和他并肩站定，
目光朝下，秋波闪闪，
一丝轻盈的笑容挂在唇边。

---

① 骁骑兵，当时一种以长枪为武器的轻骑兵。又译枪骑兵。

11

我可怜的连斯基啊！在坟墓里，
隔着冥冥的永恒界限，
听到这负心的不幸消息，
忧郁的歌手，你可曾心烦意乱？
或许，诗人已在勒忒河畔沉睡，
享受那无知无觉的幸福滋味，
任何事都已经不能令他烦恼，
人世已同他隔绝，声息渺渺？……
如此而已啊！淡漠无情的忘却
正在坟墓中等候着我们，
仇敌、朋友、情人的声音
都将在顷刻间沉寂、隐灭，
只有继承人争遗产的可耻吵嚷
将会谱成一曲激昂的合唱。

12

于是不久以后，在拉林家里，
不再听见奥尔加清脆的声音。
这位骁骑兵是身不由己，
不得不带上她返回军营。
老太太因为要和女儿分手，
伤心欲绝，老泪横流，
看样子已经是奄奄一息，
然而达尼娅却无力哭泣；
只有一种死一般的苍白
笼罩着她那张愁苦的脸。

全家人都出来围在车前，
大家挤作一团，立在门外，
送别这一对年轻的新人，
达吉雅娜也来给他们送行。

13

宛如透过迷雾，她伫立凝神，
目光尾随他们渐行渐远……
剩下她一个人，达吉雅娜一个人！
哎！她走了，多少年的同伴，
她亲爱的小鸽子，她的知心，
她年轻的妹妹，她的亲人，
被命运送往他乡异地，
她们俩将从此永远别离。
她像个幽灵般信步漫游，
偶尔朝荒凉的花园里望望……
一切，一切都不能令她欢畅，
她尽力忍住泪不往外流，
胸中的郁闷啊，无法排遣——
痛苦的心像是要裂成两半。

14

在那残酷无情的孤独里，
激情更猛烈地灼烧她的心，
她的心大声地向她提起
那个远在天边的奥涅金。
她和他将永远不会再见；
他是杀死她妹夫的凶犯，

她原本应该把他憎恨；
诗人死了……竟然没有人
再记起他，未婚妻见异思迁，
又嫁给了另外一个男子。
对诗人的怀念已随风飘逝，
仿佛蓝天中一缕轻烟，
或许，为他悲伤的心，还有两颗……
但是，悲伤啊，又为了什么？……

15

一天傍晚，天色渐渐昏暗。
甲虫唧唧叫，小溪静静流过。
跳圆舞的人群已经走散，
河对岸燃起点点渔火，
火堆烟气蒸腾。无边的旷野上
达吉雅娜踏着银色的月光，
一心沉浸于自己的幻想，
独自一个人长久地游荡。
走啊走，突然，在她眼前，
呈现出一幢地主家的房屋，
一座村落，山脚下一丛小树，
一条明亮的河边是一座花园。
她一眼望去——于是她的心
便立刻跳动得更急更紧。

16

她迟疑不决，不知该怎样做：
“往前走呢，还是往回转？……

他不在这儿,人家不认识我……
我要看看房子,看看这座花园。”
达吉雅娜移步走下山岗,
她呼吸急促;而她的目光
充满疑虑地四处扫视一遍……
她走进那座荒凉的庭院。
一群狗号叫着向她猛扑。
她的一声骇怕的惊叫,
让仆人家的孩子们听到,
他们闹哄哄地从屋里奔出,
无须费力便把狗群赶开,
他们把小姐保护起来。

17

“老爷的宅子我能不能看一下?”——
达尼娅问道。于是这群孩子
急忙跑去找到安妮西娅,
向她去讨房门的钥匙;
安妮西娅马上走出来,
房门便在她们的面前敞开,
她进了空空的屋子,不久前,
我们的主人公就住在里面。
她四下张望。只见大厅上
一根球棍忘记在台球案边,
揉皱的沙发上搁着一条马鞭。
达尼娅再往前走,一边还在张望;
“这儿是壁炉,”老婆婆对她说,
“老爷经常一个人在这儿静坐。

18

这是连斯基，我们的邻居，
冬天常来陪他吃饭的地方。
请您过来，跟我往这边去，
这儿是我们老爷的书房；
他在这儿喝咖啡，在这儿睡觉，
也在这儿听管家的报告，
每天早晨他还在这儿读书……
老太爷在世时也在这儿住；
回想那时候，每逢礼拜天，
他总是戴上眼镜子，坐在窗下，
叫我陪他玩一阵子‘捉傻瓜’①。
愿上帝保佑他灵魂平安，
但愿在大地母亲湿润的怀抱里
他墓穴中的遗骨得到安息！”

19

达吉雅娜心怀无限的情意，
将周围一切全都看遍，
她觉得一切都珍贵无比，
不管是桌上那熄灭的灯盏，
还是那堆书，那窗下的床，
一条毛毯盖在那张床上，
还有那个交叉着双手、
头戴小帽子、双眉紧皱、

① 捉傻瓜，一种扑克牌游戏。

放在小桌上的铁铸的人像①，
墙上的画像是拜伦勋爵，
窗外那苍茫、朦胧的月，
室内这幽暗、昏沉的微光，
这一切使她忧伤的心获得生机，
她觉得半是痛苦，半是欢喜。

20

站在时髦的禅房里，达吉雅娜
仿佛着了迷，如痴如醉。
天色已晚。冷风飒飒。
峡谷里早已是一片漆黑。
丛林熟睡在迷雾的河岸，
月亮躲藏到山巅的后面；
年轻的女游客你应该走了，
早就该是你回家的时候了。
于是，把激情隐藏在心头，
不由得长长地叹息一声，
达尼娅这才踏上归程。
而她还事先向人家请求，
准许她再来看望这所空屋，
准许她一个人来这里读书。

21

达吉雅娜跨出了那扇大门，
和女管家告别。才过一天，

---

① 这是指当时流行的拿破仑半身塑像。

黎明刚刚降临，她又重新
在这所闲置的房屋里出现。
此刻书房中寂静无声，
暂时她把一切全忘个干净，
现在终于只剩下她自己，
于是，她长久、长久地哭泣。
哭过一阵，她开始翻书。
起初，她只是随便看看，后来，
她对书的选择感到奇怪，
达吉雅娜便用心地细读，
她贪婪地读着，一页一页，
她眼前展现出另一个世界。

22

虽然，我们知道，叶甫盖尼
早已经把书本抛在一旁，
但是还是有些书，虽寥寥无几，
却仍然受到他的青睐：《唐·璜》
和《异教徒》的歌手①他仍然喜欢，
另外还喜欢两三部长篇，
这些作品反映出了时代，
将当代人如实地刻画出来，
他们那卑鄙龌龊的灵魂，
他们的自私自利的冷酷，
他们对幻想无休止的追逐，
他们虽有愤世嫉俗的精神，
到头来却只是空忙一场，

① 指拜伦。

这一切都写得跃然纸上。

23

在许多书页上仍能看见
手指甲留下的明显印记；
细心的姑娘的一双慧眼
对它们更是非常地留意。
达吉雅娜在看，她心情激荡，
她看出，是哪些见解、思想，
常常触动着奥涅金的心灵，
他默默认可的又是些什么事情。
她发现，利用书页上的空白，
他留下许多铅笔痕迹。
奥涅金的心灵在这些书里
不知不觉地流露出来，
有时打个叉，有时短短一个字，
有时表示疑问，画个小钩子。

24

于是，渐渐地，我的达吉雅娜，
开始对那个人了解更深，
——谢天谢地——她在了解他，
了解那个她为之叹息的人，
这是命中注定，无法逃避：
他是一个怪人，危险而阴郁，
创造他的，是地狱，还是天堂？
他是个天使，还是个傲慢的魔王？
他是什么呢？是依样画葫芦的仿造？

是一篇讲解异邦奇谈的说明文？
还是一个不值一顾的幻影？
是莫斯科人穿了哈罗德的外套？
是一部堆满时髦语句的辞典？……
他未必就是粗劣的赝品一件？

25

难道说那个字已经找到？
难道说她的谜[①]已经解开？
时钟不停地在走，她已经忘掉
家里人早就在等她回来，
那儿两位邻居聚在一起，
他们正拿她当作话题。
"怎么办呢？达吉雅娜已经不是娃娃——"
老太太一面叹息，一面说话，
"奥莲卡可是比她小得多。
安顿这姑娘，说句老实话，
是时候啦，可我拿她有啥办法？
不管提哪一个，她都回答说：
我不嫁。可她又老是在发愁，
老是一个人在树林子里转悠。"

26

"她别是在恋爱吧？"——"爱上谁了？
布雅诺夫来求过婚的；不行。
伊凡，彼杜什科夫——也吹了。

① 原文为斜体字。

我家住过的斐合金，那个骠骑兵①，
他为达吉雅娜简直神魂颠倒，
光是小殷勤就不知献过多少！
我琢磨：这下子兴许办成了；
哪儿呀！事情可又不行了。”——
“大娘，瞧你怎么啦，去莫斯科，
莫斯科是个未婚妻的集市！
那儿，人家说，有的是空位子。”——
“咦，我的老爹呀！我家进项不多。”——
“可是总还够过一个冬天，
要不，哪怕我借给您钱。”

27

老太太心中非常欢喜
这个聪明的好心的意见；
一盘算——马上拿定主意，
去莫斯科，就在今年冬天。
达尼娅也听到这个消息。
要去那挑剔的社交界里，
让那儿的人们去妄加评议
她的显眼的外省人的乡气，
还有自己不时兴的衣衫
和自己不时兴的言语谈吐；
莫斯科的花花公子和那些女巫②
会向她投来的嘲笑的视线！……

---

① 骠骑兵，当时在俄国穿着匈牙利式制服的一种轻骑兵。

② 女巫，原文译为“喀尔刻”，希腊神话中的女巫，太阳神赫利俄斯的女儿。这里指上流社会中的那些小姐们。本书中还有其他地方有这种用法。

啊,可怕!留在这林中荒村,
她觉得更踏实,也更舒心。

28

如今,曙光初露她便起了床,
然后便急匆匆向田间走去,
用她含情的两眼四处张望,
并且对大地亲切地低语:
“我的宁静的山谷啊,再见,
再见,你们,我熟悉的峰峦,
再见,你们,我熟悉的丛林,
再见,这天堂一般的美景,
再见,欢欣愉快的大自然,
我要拿这片可爱的清静地方,
换取那花花世界的喧腾闹嚷……
我的自由呀,跟你也说声再见!
我在寻求什么?奔向哪里?
命运许给我的是什么东西?”

29

她漫游的时间越来越长。
如今一条小河,一座小山,
都会以自己美妙的风光,
让达吉雅娜流连忘返。
她跟自己的草原和丛林,
仿佛跟多年的老朋友们,
絮谈不休,生怕光阴难留。
而夏天却在急速地飞走。

金黄色的秋天已经来到。
大自然面色灰暗，抖抖索索，
像盛装的牺牲在等待宰割……
瞧，北风吹起，喘息，呼啸；
追逐着天边的阵阵乌云——
瞧，冬天这巫婆正亲自驾临。

30

她来了，无处不在，漫天纷飞；
她挂在橡树梢上，大片大片；
她在田野四处，山岗周围，
铺起一张起伏不平的地毯；
冰封的河流与两岸齐高，
像蓬松的被单把一切覆罩；
严寒闪耀着银光。我们都欢喜
冬天妈妈所玩的这些把戏。
只有达尼娅心里不喜欢它。
达尼娅不出门去迎接冬季，
也不去闻一闻那寒霜的粉粒，
不把初雪从浴室屋顶上取下
擦自己的脸蛋、肩头和胸脯：
达吉雅娜惧怕冬天的旅途。

31

出发的日期一延再延，
新定的日子也转眼来到；
轿车一向被丢在一边，
如今重新查验，补固加牢。

几辆普通货车装载行李——
用三辆篷车拉家用的东西，
锅子、椅子、大小衣箱，
各种褥子，成桶的果酱，
羽毛垫子，几笼公鸡，
坛坛罐罐，爱特塞特拉①，
啜，乱七八糟的，还多着啦。
仆人在她们的小木屋里，
开始了告别的哭泣，一片喧哗：
院子里牵来十八匹瘦马，

32

马匹被套上主人的雪橇，
厨子们正在准备早餐，
车夫和女仆在互相争吵，
车上的行李堆积如山。
赶头马的②大胡子牵来一匹
瘦骨嶙峋的马当作坐骑。
下人们成群地拥到门前，
来和主人家说一声再见。
她们上车了，尊贵的车辆
开始滑动，爬出庭院。
“别了，僻静的世外桃源！
别了，这片安宁的地方！

① 原文为拉丁文，意为：等等。读音为：“爱特塞特拉”。

② 三驾以上的马车，坐在车上的驾车人对前排役马鞭长莫及，指挥不便，俄国人的办法是，专门派一个人骑在前排的一匹役马上来驱赶它们。

我能不能够再见到你们？……”
达尼娅的泪珠如流水滚滚。

33

等到我们让更为广阔的地盘
蒙受到良好的教化，到那时候
（根据哲学图表的计算，
还要再过五百年左右），
我们的这些道路必然
会有不可估量的改善：
一条条公路纵横交叉，
将整个俄罗斯连成一家。
河面上将会有一座座铁桥，
好似宽阔的彩虹，拦腰横跨，
我们将开山辟路，还要在水下
凿出许多条艰险的隧道，
受过洗礼的世界将在每个驿站
为过往的旅客开设一家饭店。

34

而现在，我们的道路很是糟糕42，
桥梁无人过问，任其腐烂，
驿站上到处是臭虫和跳蚤，
让你一分钟都难以安眠；
没有饭店，只有间冰冷的草房，
里面贴一张菜单供你欣赏，

它有名无实，虽然颇有派头，
徒然地在那儿吊你的胃口，
同时，乡下的库克罗普斯①们
燃起一炉悠悠然的火苗，
用俄罗斯的榔头来治疗
你的灵巧的欧罗巴产品②，
他们一边干活，一边表示感谢，
多亏祖国大地上的水沟和车辙。

35

不过，冬天虽然是非常寒冷，
旅行倒也还轻松、欢愉，
冬天的道路又光又平，
像时髦歌曲中无聊的诗句。
我们的欧妥米东③都很勇敢，
我们的三驾车也不知疲倦，
路标像栅栏似的闪现不停[43]，
愉悦着你无所事事的眼睛。
不幸的是，拉林娜一路拖延，
租用驿站的马怕开销太大
她宁愿用自家瘦弱的老马，
因此整整地走了七夜七天，
于是我们的姑娘只好
饱尝一顿旅途的无聊。

---

① 库克罗普斯，希腊神话中的独眼巨人，铁匠，曾为宙斯铸造雷电。这里指乡下铁匠。
② 指那些高级的进口马车。
③ 《伊里亚特》中英雄阿奚里的车夫。

36

可是你瞧呀，目的地已经不远，
白墙壁的莫斯科已遥遥在望，
金色十字架火一般亮光闪闪，
矗立在古教堂的圆屋顶上。
钟楼、教堂、花园、宫殿
突然间在我的眼前展现，
看到这一切构成的弧形，
啊，弟兄们，我心中多么高兴！
当我因别离而忧伤悲哀，
当我迫于命运，颠沛流离，
莫斯科啊，我总是想念着你；
莫斯科……对一颗俄国人的心说来，
多少东西在这声呼唤里交融！
多少东西回响在这声呼唤之中！

37

瞧呀，这是彼得罗夫斯基王宫，
围在一片密林中。它面色阴沉，
仍在炫耀自己不久前的光荣。
拿破仑陶醉于最后一次的幸运，
曾经徒然地在这儿等待过，
等待一个卑躬屈膝的莫斯科
把克里姆林宫的钥匙向他献出；
不，我的莫斯科她没有屈服，
她没有向拿破仑低头认错。
她没有为这位性急的英雄准备下

欢迎的礼品，也没有准备祝贺他，
而只为他准备下一把大火。
从这儿，陷在深沉的忧思里，
他望见可怕的火焰腾空而起。

38

败落的英名的见证啊，再见，
你，彼得罗夫斯基王宫。
喂！别停留，你要勇往直前！
关卡的白柱石已跃入眼中；
轿车已在特维尔大街①上奔腾，
疾驰过坑洼和警察的岗亭。
两旁掠过街灯、店铺、儿童、
乡下女人、寺院、皇宫、
布哈拉族人②、雪橇、菜园，
掠过商贩、茅舍、农夫，
掠过宝塔、哥萨克人、林阴路，
掠过药房和时装商店、
阳台、画着狮子的大门③，
还有歇在十字架上的鸦群。

39、40

这场令人厌倦的巡游
费去了两个时辰，终于
轿车停在一家公馆的门口，

① 特维尔大街，莫斯科当年的一条热闹大街。
② 布哈拉族人，中亚的少数民族，常在俄国经商。
③ 贵族家的大门。

在哈利顿[1]旁的一条胡同里；
这儿住着个年老的姨妈，
她们这次正是前来找她，
她害痨病躺在家里已经四年。
开门的是个白发的卡尔梅克老汉，
戴副眼镜子，穿件破长衣，
一只袜子还提在他的手上。
客厅里，公爵夫人靠着沙发床，
她惊喊一声将她们迎进屋里。
两位老太太哭着抱成一团，
一声连一声叹息个没完。

41

"公爵夫人啊，我的天使！[2]"——
"巴西特！[3]""阿林娜！"
"谁想得到啊？"——"一晃就多少年！"
"亲爱的！表妹呀！要多住些日子吧？
你先坐下——这可多么稀罕！
真是小说中的场面，说实在话……"——
"这就是我的女儿达吉雅娜。"——
"啊！达尼娅！快过来让我看看：
我真是好像在说梦话一般……
表妹呀！你可还记得格兰狄生？"——
"怎么？格兰狄生？……啊，他呀！
对，记得，记得。可是他在哪呀！"——

① 哈利顿，莫斯科一座大教堂。
②③ 原文为法语。

"就在莫斯科,圣西蒙[1]附近;
圣诞节头一天还来看望过我,
不久前刚给儿子讨了老婆。

42

还有那个……啊,以后慢慢再谈。
可不是吗?明天我们就要
带上达尼娅去跟亲戚们见面。
可惜我没力气坐车到处跑,
几几乎、几几乎拖不动腿了。
啊,你们一路上也够累了;
咱们一块儿来歇息歇息……
啊,胸口真闷啊……又没力气……
我如今高兴一会儿也觉着累,
我的亲爱的,更别提发愁了……
我已经一点儿用处也没有了……
人老啦,活着简直是受罪……"——
说到这里,她已经精疲力竭,
眼泪汪汪地咳个不歇。

43

病人的这种抚爱和欢喜
让达吉雅娜感动;可是她
对新居并不觉称心如意,
她已经住惯了自己的家。
虽有丝织帐幔,新褥新被,

---

① 圣西蒙,莫斯科一座大教堂。

这天夜里她却是不能安睡，
黎明的钟声在阵阵地敲，
报告一日之晨已姗姗来到，
这钟声将她从床上唤起。
达尼娅独自个儿坐在窗前。
天空中晨曦正渐渐消散，
而她的田野又在哪里：
眼前是陌生的庭院，厨房，
一间马棚和一带篱笆墙。

44

瞧她们每天把达尼娅带上
一家家去亲戚们那里赴宴，
把她神不守舍的疏懒模样
摆到老太太老太爷们的面前。
对几位远道而来的亲人，
家家都欢迎，态度很殷勤，
又是惊叹呀，又是款待。
“瞧，达尼娅长得多么快！
我好像不久前才给你施过洗？
不久前我还把你抱过！
不久前我还扭过你的耳朵！
不久前我还拿甜饼喂过你！”
于是老太太们同声感慨：
“我们的岁月过得多快！”

45

而她们自己却都没什么变化；

她们的一切都还是老一套：
那位公爵夫人伊林娜姨妈
还是戴一顶网纱小帽，
卢凯丽娅·李沃芙娜还是爱打扮，
柳波芙·彼得罗芙娜还是好骗人，
伊凡·彼得罗维奇还是个傻瓜蛋，
西蒙·彼得罗维奇还是舍不得花钱，
皮拉格亚·尼古拉耶夫娜身边，
还是那位麦歇菲牧什做她的朋友。
还是那个丈夫，还是那条哈巴狗，
她丈夫还是俱乐部的忠实会员，
还是耳朵不灵，还是那么温顺，
论吃论喝还是能顶两个人。

46

各家的姑娘都来拥抱达尼娅。
莫斯科年轻的美惠三女神①
先把达吉雅娜从上到下、
从头到脚地默默打量一阵；
发现她不知怎的，有点儿古怪，
有点儿乡气，不大自在，
有点儿苍白，不够丰满，
不过，倒也还不算难看；
然后，她们便顺从天性，
带她到自己房里，跟她交朋友，
吻她，温存地握住她的手，
给她梳上时髦的蓬松发型，

① 美惠三女神，希腊神话中妩媚、优雅、美丽三位女神的总称。

并且还拖长着调子跟她谈起
恋爱的秘密,姑娘家的秘密。

47

谈起别人的和自己的胜利,
希望、淘气的把戏、幻想。
她们天真地交谈,说东道西,
带点儿不很顶真的诽谤。
然后便婉转地要她坦白承认,
对她们说一说她的爱情,
算是对这番私情话的报酬。
可是达尼娅好像是在梦游,
她们的话她全没放在心上,
她一点儿也不了解她们,
而自己心头的秘密和泪痕,
自己的幸福,自己珍贵的宝藏,
她都珍藏着,不声不响,
跟她们哪一个也不分享。

48

达吉雅娜也想仔细听听
人们的对话,大家的谈吐;
然而所有的人,整个的客厅,
全都在胡扯,非常之庸俗,
他们的一切都那么苍白、无聊,
即使诽谤别人,也那么枯燥;
在这些干瘪无益的话音里,
在这些飞短流长的新闻里,

即使出于偶然，即使无意之中，
也整天整夜讲不出一点儿道理；
疲惫的思想无法显出笑意，
他们即使诙谐，也难令人心动。
哪怕是引人发笑的愚昧
你也没有啊，空虚的上流社会！

49

一群档案处供职的青年①，
一本正经地盯着达尼娅，
而且还在他们彼此之间
颇有微词地议论着她。
有那么个小丑，满怀忧伤，
发现她合乎自己的理想，
于是，便去斜倚在门边
写一首哀歌来向她奉献。
维亚泽姆斯基在沉闷的姨妈家
一见到达尼娅，便去她身旁坐定，
想办法要占住她整个儿心灵。
一位老人坐得正好靠近她，
也在注意她，还把假发整了整，
向左右的人不住地打听。

50

而在墨尔波墨涅②，那狂暴的女神

① 指外交部档案处的青年公务员，当时贵族青年在这里供职者甚多。

② 墨尔波墨涅，希腊神话中的缪斯之一，主管悲剧。

拖长嗓音大声嘶叫的地方，
那儿，眼盯着前台，冷酷的人群
看她挥舞的披风闪闪发光，
那儿塔利亚①悄悄睡去，
对人们友好的掌声并不在意，
那儿只有忒耳西科瑞②，她
才会使年轻的观众惊讶。
（回想早些年也是这副情景，
在你我的时代。）在那种地方，
老太太观剧镜中嫉妒的目光
或是时髦鉴赏家的望远镜，
都不会从包厢和正厅座位上
转向达尼娅所在的方向。

51

她们也带她去晚会观光。
那儿拥挤、闷热、骚动，
音乐刺耳，灯烛辉煌，
舞伴一对对闪过，如同旋风。
美人儿身上轻盈的时装，
挤满各色看客的环廊，
年轻姑娘围成的半圆形，
这一切都使她感到震惊。
在这儿，一些有名气的花花公子，
炫耀他们的厚脸皮、西装背心，
用手中的观剧镜随便照人。

① 塔利亚，缪斯之一，主管喜剧。
② 忒耳西科瑞，缪斯之一，主管舞蹈。

那些骠骑兵，每逢休假日，
也匆匆跑来，大声吵闹，
出出风头，献献殷勤，然后飞掉。

52

莫斯科有许多漂亮小姐，
夜空里有许多美丽的星星，
而蓝色太空中那一轮明月，
比天上所有同伴都更晶莹。
可是她啊——我不敢拨动
我的竖琴去惊扰她的玉容，
只有她，才像那雍容的月亮，
在这群女士中独具辉光。①
她如今虽然降临凡尘，
却带来何等的天庭的骄姿！
她胸中充满着怎样的矜持！
她美妙的顾盼多么深沉！……
然而够了，够了，赶快就此打住，
你已经给癫狂缴够了贡赋。

53

哄笑、奔跑、鞠躬、喧哗，
踏步舞、玛祖卡，还有华尔兹……
这时节，谁也不会去留意她，
她站在两位姨妈间，靠近柱子。

---

① 维亚泽姆斯基曾两次谈到这一节的第5—8行指的是亚历山德琳娜·科尔萨科娃。1826—1828年间，普希金的确与她很接近。

达吉雅娜眼睛在看,却视而不见,
她厌倦上流社会的纷乱;
她在这儿感到气闷……通过幻想,
她正奔向田野,奔向家乡,
奔向那些穷苦庄稼人身边,
在那远离尘嚣的僻静角落,
流淌着一条清亮的小河;
她也奔向自己的小说和花园,
回到那菩提树阴覆盖的小路上,
那是他在她面前出现的地方。

54

她的思绪就这样在远方游荡:
她忘记了社交界和舞会的喧声,
这时,一位显赫的将军正在一旁
凝视着她,看得目不转睛。
两位姨妈彼此眨了眨眼,
用手肘把达尼娅点了一点,
每一位都对她悄悄说道:
“赶快转过身子往左边瞧瞧。”——
“左边?哪儿呀?那儿有什么好看?”——
“喏,你快点瞧呀,不管怎么着……
那堆人里边,瞧见啦?再往前面瞧,
那儿,两个穿军装的在他身边……
瞧,他走开了……瞧他侧着身……”——
“谁呀?可是那个胖乎乎的将军?”

55

然而,这里且让我们庆祝
我亲爱的达吉雅娜的胜利,
同时我们要换一个题目,
以免把我为之而歌的人忘记……
碰巧这儿有几句关于他的话:
我歌唱一位年轻的朋友,歌唱他
许许多多稀奇古怪的念头。
请为我长久的劳作祈求保佑,
啊,你呀,史诗的缪斯!
请给我一根结实的拐杖,
别让我在歧路上东游西荡。①
够了,我应该卸下这副担子!
我已向古典主义表示了敬意:
虽然晚了些,但总算有这段序曲。

① 本节第6行至第11行,是作家戏仿古典主义那种已被时代淘汰的创作方法。

第 八 章①

别了，如果是永别，那就永别了。

——拜伦②

① 最初《奥涅金的旅行》是放在这章之前的，因此这应该是第九章，而不是第八章。本章于1829年12月24日开始创作，1830年9月25日结束于鲍尔金诺。后来又曾改动过。决定抽掉原先的第八章（即《旅行》）之后，普希金又把其中的第9—13节移入本章，奥涅金给达吉雅娜的信则是在1831年10月5日于皇村补写的。本章于1832年1月在彼得堡单行出版。封面上注明是“《叶甫盖尼·奥涅金》最末一章”。当时曾有一篇序言。

② 原文为英语。

1

那些日子，在学堂的花园里
我安逸地绽开，像一朵花，
那时我喜欢阿普列依①，
而西塞罗②，我却不爱读他；
那些日子，每当春天来到，
神秘的峡谷中，天鹅在啼叫，
看水波静静闪烁，我伫立湖边，
缪斯开始在我的眼前出现。
我的那间学生年代的禅房③
突然被照亮了：缪斯在那里
摆开年轻人才思的筵席，
她为童年的欢乐放声歌唱，
也歌唱我们古代的光荣，
歌唱心头忐忑不安的迷梦。④

2

世界面带微笑欢迎了她⑤，
最初的成就令我们鼓舞；

---

① 阿普列依，公元二世纪时的罗马诗人，长篇小说《金驴》的作者，普希金在学生时代很喜欢他的神话故事。

② 西塞罗（公元前106—公元前43），罗马国务活动家，散文家，讲演家。

③ 禅房，寺院里僧人住的小屋。普希金喜欢用这个词来表示一个小小的安静舒适的居处，在这部作品中共用过四次。

④ 这一节的末几行是说作者学生时代所写诗歌的主要题材。

⑤ “她”指缪斯，这一句是说社会欢迎诗人最初的作品。

行将就木的杰尔查文①他老人家
发现了我们，为我们祝福。
…………………………
…………………………
…………………………
…………………………
…………………………
…………………………
…………………………
…………………………

3

而我，只把热烈的任性
看作我自己生活的规条，
当我和人群分享着感情，
也让活泼的缪斯跟我一道
去倾听酒宴和争论的喧声，
去吓唬那些夜班的岗警；
缪斯每参加疯狂的筵席，
都会带上她自己的赠礼，
她酒后为客人放声而歌，
像酒神女祭司②样活泼放任，
过去时代的那群年轻人
都曾狂热地把她追求过，
在朋友当中，我感到骄傲，

① 杰尔查文（1743—1816），俄国诗人，普希金时代的诗坛前辈。

② 酒神女祭司，指希腊神话中酒神狄俄尼索斯（巴克斯）的女祭司，又称巴科斯的狂女。

有这位轻狂女友和我一道。

4

而我，离开了这一伙友人
奔向远方……她仍在跟随我。
时常啊，温存的缪斯女神
为了安慰我旅途的寂寞，
给我讲些神奇奥秘的故事！
时常啊，脚踩高加索的崖石，
她好像列诺娜①，在月光下
和我一同骑上飞驰的骏马！
时常啊，在塔夫利达②海滨，
她带领我，在夜色昏暗中
一块儿倾听那大海的汹涌，
去听涅瑞伊得斯③不停的低吟，
听深沉永恒的波涛合唱队
高唱颂歌把宇宙之父赞美。

5

她忘掉了那座远方的京城，
和京城中豪华喧闹的筵席，
来到莫尔达维亚凄凉的荒村，
来拜访各族游牧的兄弟，
拜访他们寒微的篷帐，
在他们中间，她也变得粗犷，

① 列诺娜，德国诗人布尔格（1747—1794）同名短篇故事诗的女主人公。
② 塔夫利达，克里米亚的古名。
③ 涅瑞伊得斯，希腊神话中的海中仙女。

那些简陋而奇特的话语，
那些她所喜爱的草原歌曲，
竟使她忘却了神的语言①……
突然周围一切都变了样②：
她竟变成一个乡下姑娘，
又在我们的花园里出现，
眼中含着忧郁的冥想，
一本法文小书拿在手上。

6

如今我初次把缪斯女神
带进一个社交界的盛会44；
我怀着嫉妒的胆怯心情
凝望着她高原风格的妩媚。
高傲的女士、外交家、贵族
和浪荡军官们挤满一屋，
她轻轻走过这些人身边，
她静静坐下，冷眼旁观；
看人们喧嚣着挤成一团，
欣赏衣衫和言词的闪耀，
欣赏客人怎样徐徐来到
那位年轻的女主人面前，
和男人们怎样围在太太们身旁，
黑黑的一圈儿，如同镜框。

① 指诗歌。

② 这一行在抄清的原稿中是“然而狂风陡起，雷声连天响”。

7

她爱听权威人士的倾谈，
喜欢这些谈话的有条不紊，
喜欢那种安然傲慢的冷淡，
其中混合着官阶与年龄。
然而他是谁呀，默默无言，
面色阴沉，站在一群贵人中间？
他似乎跟谁都不能相容。
他眼前闪过的一副副面孔
对他好像是一串可憎的鬼魂。
他脸上是饱经苦难的傲气，
还是忧郁？他为何来到这里？
他是谁？会是叶甫盖尼这个人？
难道是他？……不错，恰恰正是，
——他来到这儿有多少日子？

8

他是依然故我呢，或是已经驯顺？
或是仍旧冒充怪人，一如往常？
请问，他回到这里以什么身份？
眼下他给我们以什么印象？
他以什么姿态出现？缪莫斯①，
世界主义者，爱国者，伪君子，
或是哈罗德，或是教友派②，

① 见第三章 12 节注。

② 教友派，一种教会派别，曾流行于英美，当时传入俄国。

或者还有其他面具可以戴戴，
或者只不过是一位好好先生，
如同你和我，如同整个社会？
而至少、至少，我要奉劝诸位：
必须把陈腐的时髦抛弃干净。
他把上流社会已戏弄得够瞧……
——你们知道他？——也知道也不知道。

9

——为什么一提起他的名字，
你们便如此不表示好感？
是因为我们好管闲事，
忙于对一切妄加针砭？
是因为热情的心容易疏忽，
见到自命不凡的渺小人物，
便要去侮辱或取笑他一阵？
是因为智者喜爱宽敞，难容他人？
是因为我们把说到当作做到，
而且太乐意这样待人接物？
是因为蠢材们都轻浮而且恶毒？
是因为大人物都看重胡说八道？
是因为只有平庸这一种东西
对我们才恰好适合而不觉稀奇？

10

谁在年轻时便活得年轻，
谁能不迟不早地成熟，
谁逐渐对生活的冷酷不幸

学会容忍，谁就算是幸福；
谁不沉溺于荒唐的迷梦，
谁不躲避社交界的俗众，
谁二十岁时是个浪子或者光棍，
而在三十岁上合算地结了婚；
谁能把公私的一切欠款
到五十岁上全都摆脱掉，
谁能按部就班地得到
名誉、官职、地位和金钱，
那么人们永远都会承认：
某某某①是一个出色的人。

11

然而想起来确是令人愁苦，
我们徒然地辜负了青春，
每时每刻都在做青春的叛徒，
而青春它也欺骗过我们；
我们的许多美好的愿望，
和我们许多的新鲜梦想，
倏忽之间便烟消云散，
如秋天腐烂的落叶一般。
真难容忍啊，你面前只有
长长一连串的餐饭，吃过又吃，
对生活，如同对待一种仪式，
尾随循规蹈矩的人流
向前走啊，而你和他们之间
既无情感交流，也无共同观点。

---

① 原文中为两个拉丁文缩写字母：N. N.，意为“某某人”。

12

你成为人们纷纷议论的对象，
难以容忍啊（请同意说难以容忍），
你与一群明智的人士交往，
却以装模作样的怪人著称，
或者称你是个可悲的狂夫，
或者称你是撒旦似的怪物，
或者，甚至是我的恶魔①再生。
奥涅金（我又要来谈奥涅金）
自从在决斗中杀死了朋友，
无目的、无作为地活到今天，
他已经整整地活了二十六年，
闲散无聊的日子他觉得难受，
没有个妻室、事业，或职位，
无论干什么，他都不会。

13

他感到心慌意乱，不能安宁，
总是想要把环境变换一下
（这是一种令人苦恼的特性，
却有人甘愿背这个十字架）。
他便离开了自己的田庄，
那森林和田野中的幽静地方，
那儿有个血淋淋的阴影，
每天都在他的眼前现形，

---

① 指普希金一首题名为《恶魔》的短诗中的形象。参见第一章第45节。

他开始漫无目的地游荡，
完全听命于自己的情感；
终于，他对旅行也感到厌倦，
像他对世上的一切那样；
他又重返家乡，刚一下船，
便像恰茨基①似的在舞会上露面。

14

窃窃私语声在大厅中传开，
瞧，人群显得很不安稳——
一位贵妇正向女主人走来，
她后面跟着个显赫的将军。
她一点儿不显得冷淡，
她从容不迫，矜持寡言，
她对谁都不用傲慢的目光，
也不怀有哗众取宠的欲望，
她毫无这类小户人家的做作，
毫无鹦鹉学舌之类的花样……
她的一切都纯朴而且安详，
她像是这句话的忠实描摹：
独孤母依勒佛②……（希什科夫③，对不起，
我不知应该怎样来翻译。）

---

① 恰茨基，俄国名著《智慧的痛苦》中的主人公。

② 原文为法语：Du comme il faut，可译为：仪态万方。这里用译音处理。

③ 希什科夫（1754—1841），俄国当时的国务活动家，海军军官，保守派作家。他反对将外国语汇引进俄国语言。普希金在这里顺便讽刺了他一下。

15

贵夫人都向她身边聚拢，
老太太都冲她微微含笑；
男士们都对她深深鞠躬，
都想要把她的视线捉到；
在她面前，大厅中的姑娘们
都黯然失声；随她来的将军
把他自己的鼻头和两肩
翘得比别人更高一点。
或许谁也难说她美貌出众，
然而，即使从头到脚地寻找，
谁也不能从她的身上找到
那种在伦敦的上流社会中
被专横独断的所谓摩登
称作伐尔加①的东西。（我不能……

16

我非常喜欢这个字眼，
但我不能把它译成俄文；
它对我们暂时还很新鲜，
并且也难望能受到尊敬。
用来写讽刺警句或许适当……）
然而，且回到我们的贵夫人身上。
一种坦然的美让她讨人喜欢，

① 原文为英语：vulgar。此处只好用译音处理。可译为："俗气"。

她坐在尼娜·沃隆斯卡娅①身边，
这女人浑身上下珠光宝气，
是涅瓦河上的克利奥帕特拉②。
您大概会同意我这个看法：
尼娜以她大理石般的美丽
也无法把她身边的女士遮住，
尽管她的确是光彩夺目。

17

“难道会是，”叶甫盖尼在想，
“会是她？可真像是……这不可能……
怎么！从那偏僻的草原村庄……”
于是他用讨人厌的观剧镜
一刻不停地朝那个人儿望去，
这张面孔令他模糊地想起
一副他早已淡忘的容貌。
“请告诉我，公爵，你可知道
她是谁呀，戴顶紫红色小帽，
正在跟西班牙大使交谈？”
公爵冲奥涅金望了一眼。
“啊哈！你已经很久没参加社交。
等会儿我介绍你认识认识。”——
“她到底是谁呀？”——“我的妻子。”

---

① 这个人物在生活中的原型研究家众说不一，一说指伯爵夫人 E. M. 扎瓦多夫斯卡娅，她是一位以“大理石般的美丽”闻名当时的美人。

② 克利奥帕特拉，见第 17 页注③。

18

“那么你结婚啦！我还不知道呀！
很久了吗？”——“大约两年光景。”——
“娶的谁？”——“拉林娜。”——“达吉雅娜！”
“你认识她？”——“我是她家的近邻。”——
“啊，那么你过来。”公爵马上去
找到他妻子，把自己的亲戚
也是朋友立刻带到她面前。
公爵夫人对他望了一眼……
无论她心头多么困惑，
无论她觉得怎样惊奇，
无论她感到怎样诧异，
她却丝毫也没露声色：
她依然保持着原有的风度，
弯腰鞠躬时也娴雅如故。

19

确实！她没有战栗心跳，
没有突然间脸色发红或变白……
也没把嘴唇轻轻咬一咬，
甚至连眼眉也没抬一抬。
尽管他望得不能再仔细，
而昔日那个达吉雅娜的痕迹
奥涅金一点儿也不能发现。
他很希望能够跟她攀谈，
然而，然而办不到。她问，
他来了很久吗，来自何方，

是否来自他们的家乡？
接着便把她困倦的眼睛
转向她的丈夫，悄悄走开……
只留他独自在那儿发呆。

20

难道会是那个达吉雅娜？
在我们这部小说的开端，
在远方那个偏僻的乡下，
他曾经向她，面对着面，
以一种高尚的劝善热忱
宣讲过一篇道德的教训；
难道会是那个姑娘？他还保存
一封她向他吐露真情的书信，
写得那么直率，那么坦荡，
会是那个姑娘……或者只是梦寐？
会是那个姑娘？当她身处低微，
他没有将她放在心上，
然而现在，她在他的面前
竟会是如此地冷漠，大胆？

21

他离开熙熙攘攘的晚会，
忧思深沉地回到家中；
幻想时而悲苦、时而优美，
搅扰着他姗姗来迟的梦。
一觉醒来，仆人送上一封信；

某①公爵特意恭敬地邀请
他参加晚会。“天哪,去见她!……
哦,我去,我去!”他立即坐下
涂一封客气的信作为答复。
他怎么啦?在做怎样的怪梦?
有什么东西正蠢蠢欲动,
在他冷漠疏懒的心灵深处?
是懊丧?虚荣?或是重新
又出现了青春的烦恼——爱情?

22

奥涅金重又感到时日难挨,
重又焦急地盼望天色转黑。
终于钟敲十点;他走出门外,
他跨进走廊,他简直在飞,
他心跳着踏进公爵夫人的房门;
发现只有达吉雅娜一个人,
他们坐了几分钟,面面相觑,
然而,这时从奥涅金嘴里
吐不出一句话来。他感到别扭,
只能郁郁不乐地面对着她,
勉强地应答着她的问话。
头脑中充满一个固执的念头。
他眼盯着她:而她却一旁静坐,
神态安然,并且从容自若。

---

① 原文为拉丁字母 N,意为“某个”。

23

这时她的丈夫走进屋里。
尴尬的面对面[1]被他打断；
他和奥涅金两人一同回忆
早年怎样在一起嬉戏、游玩。
他们欢笑着。宾客陆续来到。
上流社会尖酸刻薄的言笑
使谈话进行得生动而活泼；
在女主人面前轻松地胡说，
毫不装腔作势，谈笑风生，
有时也会插进些既不俗气
也没学究味儿的高明话题，
不含永恒真理，却也一本正经，
这种谈话显得自由而生动，
不会让任何人的耳朵惊恐。

24

然而，这是首都的精华所在，
是名门贵胄和时髦的楷模，
都是些抛头露面的人才，
是一群不可缺少的蠢货；
这儿有几位年老色衰的夫人，
戴小帽，插玫瑰，面目可憎；
这儿还有几位青春年少的姑娘，
天生的几张绝无笑容的面庞；

① 原文为法语。

有位公使先生他也在场，
正在高谈阔论着国家大事；
有个说陈腐笑话的老头子，
一头白发散发出幽香：
他的谈吐颇为聪明、精细，
只是如今多少有点儿滑稽。

25

这儿有位爱说警句的先生，
他对一切事都喜欢发发脾气：
茶里放糖多一点他不高兴，
男人声调太响，女人又太俗气，
对一本糊涂小说的评论他认为不当，
不满意赐给两位姐妹的花章①，
诅咒杂志上的谎言和战火，
诅咒下雪，还诅咒自己的老婆。
……………………………
……………………………
……………………………
……………………………
……………………………
……………………………

26

那位普洛拉索夫也在这里，
说他心灵卑劣完全正确，

① 指当时少女们喜欢佩戴的一种装饰品，是皇后姓名的缩写拼组成的图案。

圣-普里[1],你画他画秃了笔,
画遍了所有人的纪念册;
另有一位跳舞会的导演,
像幅杂志插图般站在门边,
红脸蛋,仿佛柳树节[2]的赫鲁宾[3],
穿件紧身衣,不动,也不出声;
还有一位旅客也偶然来到,
他是个衣着时髦的无赖,
一副装腔作势的姿态,
在客人中引起微微一笑,
人们相互间默默交换的视线,
便是大家共同对他的评判。

27

然而我的奥涅金整个晚上
心中只有一个达吉雅娜,
不是那个羞怯的小姑娘,
那可怜、单纯而又钟情的她,
而是一位冷漠的公爵夫人,
而是一位不可侵犯的女神,
涅瓦河上雍容华贵的女皇。
人们啊,人们,你们都好像
你们的那位祖先夏娃一般:
给了你的东西你不感兴趣;
一条蛇在不停地召唤着你,

---

① 原文为法语:St. -Priest(1806—1828),骠骑兵军官,当时混迹于俄国上流社会的一位讽刺画家。

② 柳树节,复活节前的星期日,即西欧的棕榈节。

③ 赫鲁宾,柳树节的小天使,过节这天有人沿街兜售。

把你叫到那棵神秘的树前：
摘一枚禁果来给你尝尝，
否则天堂对你就不是天堂。

28

达吉雅娜有了多大的改变！
她扮演她的角色多有信心！
她多么快地就已经习惯
这束缚人心的高贵身份；
这是一位客厅中的立法人，
威严堂皇，又漫不经心，
岂知她曾是个柔情的小姑娘？
他还曾经使她心神荡漾！
为了他，那时每天黑夜，
当莫耳甫斯①不飞来跟她做伴，
她曾有过多少春闺的幽怨，
常把哀伤的眼睛对着明月，
幻想能够跟随他，在某一天
把人生平静的路程走完！

29

各种年纪的人都顺从爱情；
而如同春日骤雨之于大地，
只是对年轻少女的心灵
爱情的冲动才具有意义：
经过激情雨露的一番滋润，

---

① 莫耳甫斯，希腊神话中的梦神。

年轻的心会茁壮、成熟、清新——
强壮的生命将向它们赏赐
鲜艳的花朵、甜美的果实。
然而在不会结出果实的晚年，
在我们岁月的转折点上，
激情僵死的足迹实在凄凉：
恰似在寒气袭人的秋天，
一场风暴把草原变成泥沼，
把周围林中的树叶统统吹掉。

30

毫无疑问：唉！叶甫盖尼
孩子般地爱上了达吉雅娜；
他在爱情思虑的痛苦里
日日夜夜度过他的生涯。
他不顾理智严峻的责难，
每天都要来到她家的门前，
走进她家的玻璃厅堂；
他追逐她，像影子一样；
只要能把蓬松的海狸皮
让他亲手给她披上肩头，
或是热辣辣地碰一碰她的手，
或是为她把一块手绢儿拾起，
或是为她驱散身边的奴仆，
在他啊，都是一种幸福。

31

任他怎样殷勤，拼命也罢，

她对他却丝毫也不在意。
在家里，她坦然地应酬他，
做客相遇时，跟他寒暄几句，
间或只是把纤腰微微一弯，
有时甚至望也不望他一眼；
她丝毫也不会卖弄风情——
上流社会对此不能容忍。
于是奥涅金开始面色发青：
她或是没看见，或是不可怜；
奥涅金憔悴了，并且差一点
他就要害上一场肺痨病。
大家劝奥涅金找医生治疗，
医生都主张送他去洗温泉澡。

32

可是他没有去；他准备预先
写封信通知他的祖宗，
说他过不久便要去和他们相见；
而达吉雅娜却无动于衷
（女人就是这样）；他坚定不移，
他仍旧抱着希望，还在努力；
比健康的人更勇敢，撑起病身，
他用虚弱的手给公爵夫人
写一封热烈奔放的情书。
尽管写信大体上用处很小，
对此他已并非徒然地料到；
然而，要知道，心头的痛苦，
他已经没有力量再忍受它。

他的信就在这里,一字不差。

奥涅金给达吉雅娜的信

　　说出我心头悲哀的隐痛
会使您不愉快,我预见到一切。
将有怎样一种痛苦的轻蔑
描绘在您高傲的目光中!
我企求什么?怀着什么目的,
现在来向您剖开我的心?
会引起怎样恶毒的快意,
或许,由于我做的这桩事情!

　　我曾经偶然地和您相逢,
在您心头见到柔情的火种,
那时,相信它,我没有勇气:
我没让那可爱的习性发展;
那时候,我的确很不情愿
把自己讨厌的自由抛弃。
还有一件事使我们分别……
不幸的连斯基他死得真惨……
那时我使人心所珍爱的一切
都和我自己的心一刀两断;
那时我孑然一身、无牵无挂,
我想:我愿意用幸福去换取
自由与安逸。我的上帝!
我错得多么厉害,受到怎样的惩罚……

　　不啊,只要能时刻和您见面,
能跟随在您身后寸步不离,
用我的热爱着您的两眼

捕捉您唇的微笑，眼的游移，
用心灵领略您的完美，
久久地倾听您的声息，
当着您的面在痛苦中憔悴、
苍白、熄灭……那就幸福无比！

　　然而我的幸福已经失去：
我心怀侥幸，为您四处奔命；
每一时、每一天我都应该珍惜：
而我却把命定的有数时辰
在徒劳的苦闷中去浪费掉。
而这些日子也确实难熬。
我知道：我的时日已经有限；
然而为了能够延续我的生命，
我每天清晨必须有一个信念，
这一天我能够见到您的身影……

　　我怕：在我恭顺的祈求里，
您那一双严厉的眼睛
会找出什么卑鄙的奸计——
于是您会把我怒斥一顿。
但愿有一天您可能知道，
爱的渴求怎样可怕地折磨人，
它像火一般在我的心头燃烧——
要时刻用理性压抑住血的激奋；
我希望能够抱住您的膝头，
痛哭一场，俯在您的脚下，
倾吐我的怨诉、表白、恳求，
说出一切一切所能说出的话，
而我却必须用假装的清醒

武装起自己的言语和视线，
去跟您平心静气地交谈，
望着您，用一双愉快的眼睛！……

然而就这样了：我已经
没有更多的力量抗拒自己；
一切都已决定：一切随您处理，
我决心一切都听天由命。

33

没有回音。他再写一遍。
他的第二封、第三封信
仍是没有回音。一天
他参加一个聚会；刚跨进门……
她迎面走过来。多么严厉！
眼睛不看他，话也不说一句；
呜！如今，她的上下全身
包裹着怎样的彻骨寒冷！
她的两片固执的嘴唇
怎样极力地在抑制着愤怒！
奥涅金双目炯炯地把她盯住：
哪儿、哪儿有什么慌张、怜悯？
哪儿有泪痕？……没有、没有！
从脸上只看出她怒在心头……

34

还有，或许，是暗自的恐惧，
怕丈夫或社交界竟会猜透，

那偶然的弱点、那些儿戏……
奥涅金知道的那一切情由……
毫无希望了！他只好退场，
独自去诅咒自己的疯狂——
并且，深深沉陷在疯狂里，
他又和社交界断绝了关系。
他钻进一间悄然的小屋，
独自去回想当年的情景，
那时，残酷无情的忧郁病
在喧闹的社交界把他追逐，
它抓住他，提起他的衣领，
在一个黑暗的角落里把他囚禁。

35[①]

他又开始不加选择地读书。
他读了吉本、孟佐尼的著作，
卢梭、赫德尔、尚福尔的论述，
还有，斯塔尔夫人、毕夏、狄索
和怀疑主义者培尔的论文，

---

① 本节中有许多人名和其他国家语言。除前文已出现过的以外，现依次注释如下：

吉本(1737—1794)，英国历史学家。《罗马帝国衰亡史》的作者。

孟佐尼(1785—1873)，意大利诗人，浪漫主义的领袖人物，从年代来看，书中的奥涅金可能读到过他的悲剧《阿德尔吉斯》(1823)。

赫德尔(1744—1803)，德国哲学家、诗人和民俗学家，他认为民歌是艺术的基础。著有《歌谣中人民的声音》(1767)等。

尚福尔(1741—1794)，法国警句作家，普希金常爱引用他的话。

法国作家斯塔尔夫人的名字在原诗中为法语：Madame de Stael。注释见前文。

毕夏(1771—1802)，法国名医，许多医学著作的作者。

狄索(1728—1797)，瑞士医生，写过许多医学论文。

培尔(1647—1706)，法国哲学家，马克思在《神圣家族》中对他有好的评价。

冯泰纳尔(1657—1757)，法国哲学家，历史学家，培尔的战友。

还读了冯泰纳尔的一些作品，
也读我们当中某些人的大作，
他什么都读，什么都不放过；
他也读诗文选集①，也读杂志，
这些杂志总是在教训我们，
最近还把我痛骂过一顿，
但其中也把那么好的情诗
献给我，我间或读到它们：
写得真美②，读者诸君。

36

可是怎么啦？他眼睛在读，
而思想却是远在天边，
许多的幻想、希望、痛苦，
深深地挤压在他心灵中间。
尽管白纸黑字印得分明，
他精神上的另一双眼睛
却读出了其他的一些词句，
他整个身心沉浸于这些话语。
那是些隐秘的故事传说，
属于亲切又朦胧的往昔，
是一些毫无关联的梦呓、
流言蜚语、预兆和恫吓，
或是长篇童话中生动的荒诞不经，
或是妙龄女郎所写的一封封书信。

① 诗文选集，一种非期刊性的诗歌、散文或论文的结集，往往代表某一文学集团的观点和倾向。当时俄国常有这种文集出版。1830 年前后，在有些文集和杂志上的确对《叶甫盖尼·奥涅金》说过坏话。

② 原文为意大利语。

37

于是,他便逐渐逐渐
沉入情感和思想的昏迷中,
而想像力就在他的眼前
玩弄着色彩缤纷的法拉翁①。
时而他看见:溶化的雪地里
有一个年轻人卧倒不起,
仿佛是在旅店的床上安息,
有人说话:怎么?已经断气。
时而他看见早已忘却的宿仇,
诽谤者,以及恶毒的胆小鬼,
以及那群另有新欢的娥眉,
和那些曾被他蔑视的朋友,
时而是一座乡村宅邸——窗下
正坐着她……他眼前便全都是她!……

38

他已经习惯于如此走神,
差点儿没有因此疯掉,
或者差点儿没变成一个诗人。
老实说,那样还会更糟!
确实:仿佛被磁力吸住,
　我的这个没出息的门徒,
　那时只差点儿没有学会
　俄罗斯诗歌的一套法规。

---

① 法拉翁,一种纸牌的玩法,此处形容思路恍惚,捉摸不定。

当他独自个儿坐在角落里，
面前一炉熊熊炉火燃得正旺，
低吟着美人儿①或我的偶像②
一会儿一只鞋落进炉火里，
一会儿又落进一本杂志，
他多么像个诗人的样子。

39

光阴飞逝；气温逐渐上升，
冬天的寿命已经告终；
他到底没有变成个诗人，
没有死掉，也没有发疯。
春天又使他振作起精神：
在一个阳光明媚的清晨，
他初次走出深居的斗室，
他在那儿蛰伏一冬，像只耗子，
他离开那些双层窗、壁炉，
乘雪橇沿着涅瓦河飞奔。
蓝色的冰面上布满车痕，
阳光在冰上闪耀，街上到处
都是掘开的雪溶化的泥泞。
奥涅金在泥泞中急速行进，

40

他在奔向何处？大概你们
早就猜到了；猜得一点不差：

---

①② 原文为意大利语，皆为意大利歌曲名。

我的这个禀性难移的怪人，
正奔去找她，找他的达吉雅娜。
他像具僵尸样直往前走。
前厅里一个人影儿也没有。
走进大厅；再往前；还不见有谁。
他伸出手来把房门一推。
他为什么如此地大为震惊？
原来公爵夫人独自出现在他眼前，
她坐着，面色苍白，没有打扮，
正在读一封不知谁写的书信，
泪水像小河般静静地流下，
一只手伸出来托住脸颊。

41

啊，在这迅速飞逝的瞬间，
谁对她无言的痛苦不一眼洞察！
谁在公爵夫人身上不会发现
当年的达尼娅，可怜的达尼娅！
淹没在疯狂的悔恨的苦痛里，
叶甫盖尼向她的脚边俯去；
她微微一颤，默默无言，
只抬眼把奥涅金看了一看，
她既不愤怒，也不诧异……
他那病容的、黯淡的两眼，
那祈求的神情，无声的责难，
她都心领神会。一个纯真的少女
连同她昔日的梦幻、心灵，
这时重又在她的身上苏醒。

42

她并不伸手去扶他起来，
不挪动自己凝视着他的眼睛，
也不把她失去知觉的手抽开，
任他去贪婪地一吻再吻……
此刻她心头企望些什么？……
经过一段长久的沉默，
终于，她低声说起话来：
“够了，请您站起来。我应该
坦率地向您说明。奥涅金，
您是否仍然记得那一天，
那时，在花园里，林阴道边，
命运让我们相遇，对您的教训
我当时多么顺从地恭听过？
那么，今天该轮到了我。

43

“奥涅金，那时候我更年轻，
好像，那时，我还要漂亮得多，
奥涅金，我那时爱上了您，
可怎样呢？我在您心里找到什么？
您怎么回答我的？只是一本正经。
那时，一个温顺的姑娘的爱情——
难道不是吗？——对您并不新鲜？
如今，一想起您那冰冷的两眼，
还有您那套谆谆的教诲，
天哪！——真让人血液发冷……

我并不怪您。在那个可怕的时辰，
您的所作所为非常之高贵，
您在我面前没做错事情：
我感谢您，用我整个的心灵……

44

“那时——不是吗？——在偏僻的乡村
远离开人们虚浮的流言，
我不讨您欢喜……可是如今
为什么您对我这般热恋？
为什么您苦苦地把我紧追？
是不是因为，在这上流社会，
如今我不得不去抛头露面？
因为我如今有名而且有钱？
因为我有个作战受伤的丈夫，
我们为此得到宫廷的宠幸？
是不是因为，如今我的不贞
可能会引起所有人的注目，
因此，可能为您在社会中
赢得一种声名狼藉的光荣？

45

“我在哭……如果您直到如今
还没把您的达尼娅忘记，
那您该知道：和这些眼泪、书信，
这种令人羞辱的激情相比，
我更喜欢您那种尖刻的责骂
和您那次冷酷、严厉的谈话，

假如能让我随意挑选。
那时,您至少也还可怜
我那些天真幼稚的梦想,
至少也还尊重我的年华……
而现在！——您跪在我的脚下,
多么渺小啊！是什么让您这样?
为什么凭您的心灵和才气,
竟会成为浅薄情感的奴隶?

46

“对于我,奥涅金,这豪华富丽,
这令人厌恶的生活的光辉,
我在社交旋风中获得的名气,
我的时髦的家和这些晚会,
都算得了什么?我情愿马上
抛弃这些假面舞会的破衣裳,
这些乌烟瘴气、奢华、纷乱,
换一架书,换一座荒芜的花园,
换我们当年那所简陋的住处,
奥涅金啊,换回那个地点,
在那儿,我第一次和您见面;
再换回那座卑微的坟墓,
在那儿,一个十字架,一片阴凉,
如今正覆盖着我可怜的奶娘……

47

“而幸福曾经是那么靠近,
那么有可能！……但是,我的命运,

我的命运啊,已经全都注定,
这件事我或许做得不够谨慎:
母亲流着泪苦苦哀求我;
对于可怜的达尼娅来说,
怎么都行,她听随命运摆布……
我便嫁给了我这个丈夫。
我求您离开我,您应该如此;
我了解:您的心中有骄傲,
而且也有正直的荣耀。
我爱您(何必用假话掩饰?),
可是我现在已经被嫁给别人;
我将要一辈子对他忠贞。”

48

她走开了。叶甫盖尼呆立不动,
仿佛被一声霹雳惊倒。
此时此刻,在他的心中,
正掀起怎样万感交集的风暴!
然而却传来马刺的声响,
达吉雅娜的丈夫随即出场,
在这里,在我的这位主人公
处境最感狼狈的这一分钟,
读者啊,让我们和他分手,
和他长久地……永远地别离。
我们大家已经跟他在一起
在这个世界上游荡了很久。
让我们彼此祝贺靠岸吧,乌拉!
也早就是时候了!(你说是吗?)

49

啊,我的读者,无论是敌是友,
无论你属于其中哪一类,现在,
我都想和你友好地分手。
再见了。无论你到我这儿来,
是想从这些潦草的诗节里,
寻找什么激荡不安的回忆、
活跃的画面、劳动之余的休息,
寻找几句聪明机智的话语,
还是寻找些语法上的毛病,
都愿你能在我的这本书中,
为了消遣,或是为了幻梦,
为了心灵,为了杂志上的争论,
能找到点什么,哪怕一小点。
让我们就此分手吧。再见!

50

也和你告别,我古怪的旅伴①,
还有你,我的忠实的理想②,
还有你,生动活跃、占我很长时间、

① 指奥涅金。
② 指达吉雅娜。

虽然微不足道的劳作①。在你们身旁，
我尝到诗人所羡慕的一切：
在尘世风暴中将人生忘却，
朋友间甜蜜的促膝谈心。
自从那时，当我在朦胧的梦境，
初次见到年轻的达吉雅娜，
当时还有奥涅金和她一起，
许许多多的日子已经逝去——
那时，透过水晶球的魔法，
我还不能够很明白地看清
一部自由体小说的远景。

51

而那些我曾在朋友的集会上
对他们朗诵过最初几节诗的人……
恰如萨迪当年说过的那样，
有的远在天涯，有的已成鬼魂②。
奥涅金画成了，而他们却不知去向③。
而她呢，我曾比着她的模样，
把达吉雅娜这可爱的理想描摹④……

---

① 《叶甫盖尼·奥涅金》整整写了八年。1833年，当普希金把这部作品最后汇成一册，整理付印之后，又曾经写过一首六音步轻重格的无韵短诗《劳作》，表现了与此处相似的心情："渴望的时刻来到了，/我多年的劳作结束了。/为什么无名的忧愁，/在暗中搅动我的心？/或者我像一个无用的苦力，/完成了一件自己的业绩，/拿到工资，垂手站立，再无事可做？/或者是舍不下我的这件劳作，/这夜晚沉默的伴侣，/金色黎明的朋友，/神圣家神的朋友？"

② 这句话引自波斯十三世纪的伟大诗人萨迪（1208—1292）的作品《果园》。

③ 研究家们多认为，此处指被流放和被处死的十二月党人。

④ 同时代人曾经指出过许多达吉雅娜的原型，并为此争论不休。普希金很可能以某些真实人物为模特，描绘过达吉雅娜的一些外貌和性格的特征。

啊！多少东西都已被命运剥夺！
这样的人啊才真算有福：
他能及早离开人生的华筵，
不把满杯的美酒饮干，
不等到把人生的故事通读，
便能突然离开它，毫不动心，
恰似我离开我的奥涅金。

《叶甫盖尼·奥涅金》注释[1]

① 这是普希金本人为《叶甫盖尼·奥涅金》所作的注释，共 44 条。依原书历次出版的传统，这些注释放在第八章之后，《奥涅金的旅行片断》之前。

1. 作于比萨拉比亚①。

2. dandy,花花公子。

3. 帽子,a la Bolivar②。

4. 一家有名的餐馆。

5. 这种冷淡的感情特征,真配得上恰尔德·哈罗德。狄德罗先生的芭蕾富有生动的想像和非凡的美。我们的一位浪漫主义作家③在其中找到的诗意,比在整个法国文学中都多得多。

6. 谁都知道他搽粉,起初我不相信,可是我后来也渐渐倾向于这个看法,不仅因为他的脸色变漂亮了,而且因为在他的妆台上放着几盒粉,还因为,有一次我清早到他屋里去,碰见他正用一把特制的小刷子在修饰他的手指甲,并且傲然地当我面不停地修着。我断定:一个人能够每天早晨花两小时去修饰指甲,也就可能花上几分钟时间用粉填平他脸上的坑洼。

(卢梭:《忏悔录》)④

格里姆超越了他的时代:如今整个文明的欧洲都用特制的小刷子清洗指甲。

7. 整个这个讽刺的诗节不过只是对我们美丽的女同胞们的巧妙赞美而已。布瓦洛⑤也是这样貌似谴责而实则赞美过路易十四⑥的。我们的女士们把教养和献殷勤、把严格的道德清白和这种令斯塔尔夫人如此迷恋的东方魅力结合在一起了。(参见 Dix ans d'exil⑦)

---

① 比萨拉比亚,多瑙河北岸沿黑海的一个地区。

② 原文为法语,意为"玻利瓦尔式"帽子。指西蒙·玻利瓦尔(1783—1830)所戴的一种宽边帽子。西蒙·玻利瓦尔是南美哥伦比亚共和国的建立者,十九世纪初叶世界政治事件中的风云人物,颇受一般进步青年的爱戴。因此,他的帽子样式也流行起来。

③ 我们的一位浪漫派作家,指作者自己。

④ 原文为法语。

⑤ 布瓦洛(1636—1711),法国诗人和古典主义理论家。

⑥ 路易十四(1643—1715),法国皇帝。

⑦ 原文为法语:流亡十年。

8. 读者们都还记得格涅吉奇①的牧歌中对于彼得堡夜晚的优美描绘：

夜来了，然而一缕缕金色的云并未变暗。
没有星星也没有月光，远方却仍然明亮。
隐约可见的海船仿佛在蔚蓝的天空中飘荡，
它们银光闪闪的风帆显现在远远的海边上。
夜晚的天空闪耀着毫不黯淡的光辉，
落日的绛紫和日出的金红混融在一起；
好似朝露跟随黄昏的足迹又引来了
胭红的早晨。——这是那种金色的时光，
夏天的白昼夺取了黑夜的统治权；
北国天空中阴影和甜美的光的神妙的融合
正在诱惑着异乡人的视线，
正午的天空从来没有像这样被装点过；
那明朗，像是北方姑娘美丽的容颜，
她蓝蓝的眼睛、红红的面颊
被波浪般下垂着的棕色鬈发稍稍覆盖。
这时在涅瓦河边，在豪华的彼得城上空，
是不带暮色的黄昏和不带暗影的迅速的夜；
这时夜莺刚刚唱完她夜半的歌，
便立即唱起另一支歌来迎接初升的一天。
然而不早了，新鲜的气息在荡漾，涅瓦河的沼泽上，露珠点点……
午夜了：黄昏时千万支桨声造成喧浪的
涅瓦河不再动荡了，城市的客人星散了，
岸上没有人声，水面没有涟漪，万籁俱寂，
惟有偶然间桥上的一声轰响从水面掠过，
惟有远方乡村驰来的拖长的喊叫声，
那是夜班站岗的哨兵在互相呼应。
一切都沉睡了……

9. 为了排遣不眠的夜晚，

---

① 格涅吉奇（1784—1833），俄国诗人和翻译家。

倚着花岗石堤伫立河滨，

情绪激动的诗人分明看见，

一位亲切而美丽的女神。

（穆拉维约夫：《致涅瓦女神》）①

10. 作于敖德萨。

11. 参见《叶甫盖尼·奥涅金》第一版②。

12. 录自《第聂伯河的水妖》第一部。

13. 那些最响亮悦耳的希腊名字，例如：阿卡芳、菲拉特、菲多拉、菲克拉及其他等等，在我们这里，只有普通老百姓才用。

14. 格兰狄生和勒甫雷斯，两部著名的小说的主人公。

15. 如果我还糊涂地相信幸福，我就会在习惯中去找寻它。③

（夏多布里安）④

16. "可怜的郁利克！"——哈姆雷特对一个弄臣的骷髅这样叹息过。（见莎士比亚和斯泰恩的书）⑤

17. 前一版中把**奔回家去**误刊为**奔向冬天**（这毫无意义）。批评家们没有看出这一点，却在以下的诗节中寻找年代的差误。我敢说，在这部小说中，时间全是按照日历计算好了的。

18. 朱丽·华尔玛——"新爱洛绮丝"。马列克-阿戴里——戈旦夫人⑥的一部平庸小说的主人公。古斯达夫·德·林纳尔——克留德纳男爵夫人一部美妙的中篇的主人公。

19. 万皮尔——误传为拜伦爵士所写的一部中篇小说。缪莫斯——梅图林的一部天才作品。斯波加⑦——查理·诺第埃的著名小说。

20. 永远放弃你的希望，你们，每个走进来的人。⑧ 我们谦虚的作者只译出了这行名诗的前半部。

21. 已故的阿·伊斯玛伊诺夫刊行的一种杂志，相当不准期。某次出版人曾在刊物上向读者致歉，因为他在节日出去游玩了。

---

① 米·尼·穆拉维约夫（1757—1807），俄国诗人。

② 第一版中这里有安尼巴的传记，后移至别稿中。

③⑥⑦ 原文为法语。

④ 这段话是引自法国作家夏多布里安的中篇小说《勒内》（1812）。

⑤ 参阅莎士比亚的《哈姆雷特》和斯泰恩的《特利斯川·项狄》。

⑧ 原文为意大利语，引自但丁《神曲·地狱篇》。

22. 叶·阿·巴拉登斯基。

23. 杂志上都表示惊奇,怎么能把一个普通乡下女孩子叫作姑娘,而把高贵的小姐却称呼得更低级些,叫作丫头们。①

24. "这就是说,"我们的一位批评家指出,"小孩子们穿冰鞋溜冰。"完全正确。②

25. 当我在春花般的年纪,
充满诗意的美酒阿逸,
以它喧嚣的泡沫令我高兴,
也因为它和爱情相差无几,
或者,因为它像不理智的青春,等等。

(《寄列·普》③)

26. 奥夫古斯特·拉封丹,许多描写家庭生活的小说的作者。

27. 参见维亚泽姆斯基的诗《初雪》。

28. 参见巴拉登斯基在《爱达》中对芬兰冬天的描写。

29. 公猫叫唤母猫
睡到炉台上去。

这是结婚的预兆,第一支歌预言死亡。

30. 用这种办法可以得知未来新郎的名字。

31. 杂志上责难这几个词:*拍手*,*人声*和*马蹄声*,认为是一种不成功的新花样。这些都是俄语中根深蒂固的词。"波瓦出营乘凉,忽听田野中传来人的话音和马的蹄声。"(《波瓦王子的故事》)*拍手*一词在口语中是用来代替*鼓掌*的,正如同*咝咝叫*一词代替*咝鸣*一样。

它像蛇样咝咝叫

(俄罗斯古诗)

不应该妨碍我们丰富而美丽的语言的自由④。

32. 我们的一位批评家似乎从这几行诗中找到什么我们所不理解的、见不

---

① 指勃·费多罗夫(1798—1875)在《圣彼得堡观察家》杂志上对《叶甫盖尼·奥涅金》的评论。

② 作家是在答复《阿登涅伊》杂志上对《叶甫盖尼·奥涅金》第四、五章的评论。

③ 指作家的兄弟列夫·普希金(1805—1852)。

④ 也是答复《阿登涅伊》的。

得人的东西。①

33. 占卜书是马丁·沙德加所经营的企业出版的。马丁·沙德加是一位可敬的人,从不写作占卜书,正像勃·费多罗夫指出的那样。②

34. 戏仿罗蒙诺索夫的名诗:

朝霞以绛紫色的手

从清晨宁静的海上

把太阳从身后带了出来——等等。

35. 布雅诺夫,我的邻居,

……………

他昨天没刮胡子来到我家,

头发稀乱,穿件细绒衣,戴顶鸭舌帽……

(《危险的邻居》)

36. 我们的批评家,女性的忠实崇拜者们,对这句话之有失体统大加谴责。③

37. 一家巴黎餐馆。

38. 格里鲍耶多夫的诗句。

39. 出名的制枪技师。

40. 第一版中,第六章结尾如下:

然而你,我的年轻的灵感,

你要把我的想像激为波澜,

要活跃我昏沉欲睡的心怀,

你要更勤地向我这儿飞来,

我求你,别让诗人的一颗心

变得冷酷、无情,甚至僵死,

到头来竟化作一块顽石,

在社交界寻欢作乐,麻木不仁,

到处都是没灵魂的骄傲汉,

到处都是飞黄腾达的混蛋,

---

①②③ 是答复勃·费多罗夫的。

47

到处都是狡猾、低能、
放肆和娇生惯养的少年，
都是又可笑又无聊的恶棍，
都是愚蠢的、好纠缠的法官，
都是虔信上帝的荡妇，
都是甘心投靠的奴仆，
都是司空见惯的时髦场景
和彬彬有礼、甜言蜜语的变心，
到处都有心肠残忍的虚荣
在对人们做出冷酷的裁判，
都在计算农奴数目和聊天①，
构成一片恼人的空洞，
这真是一个无底的深渊，
好朋友，我们都漂浮在其间。

41. 莱夫辛，许多经济学方面著作的作者。

42. 我们花园般的道路只满足了眼睛：
树阴、排水沟、铺上草皮的土岗，
工作值得大大地加以赞扬，
可惜有一点：眼下尚不能通行。
尽管一排排绿树俨若岗哨，
对于走路的人却少有用处，
据说，道路修得真是挺好——

---

① 通行的本子（包括全集本）中这一行都有严重错误。本章第一版印行时，这一行诗被误植为“到处都在计算，思虑和聊天”。1824 年作家准备把前六章汇总付印时，曾改正过这个错误，写成现在的样子（“到处都在计算农奴数目和聊天”）；原文仅一个字母之差，但后来每次印行都一直错了下去。此处据俄国普希金研究家布罗德斯基提供的材料改正。

令人想起一句古诗:**为行人造福!**
对于在俄罗斯行路的人,
道路只在两种情况下可以通行:
当我们的**马克-亚当或马克-夏娃**①
也就是冬天,噼里啪啦,脾气大发,
来一次横扫一切的攻击,
用冰冻的盔甲蒙住道路,
初雪再以细蒙蒙的砂粒
把它留下的脚印一一盖住。
或者,当那酷热的干旱
把田野晒得像龟背一般,
甚至于苍蝇半闭着眼
也能涉过洼地,穿过浅滩。

(维亚泽姆斯基公爵:《驿站》)

43. 这个譬喻是借用K②的,他因擅长诙谐的想像而非常闻名。K说,有一次波将金公爵③派他专程去给女皇送信,他的车走得飞快,以至他的佩剑一头伸出车外,敲打着路标,就像敲打着一排栅栏似的。

44. Rout,一种不跳舞的晚会,其本意是指人群。

---

① 马克·亚当是英国的马路工程师。原文为斜体字。

② 指一位善于吹牛的德·叶·基基安诺夫。

③ 波将金公爵(1739—1791),叶卡捷琳娜女皇的宠臣。

奥涅金的旅行片断①

① 《奥涅金的旅行片断》中一部分诗节(关于敖德萨的描写)于1825年在米哈伊洛夫斯克村已经写成,原先准备放进第七章,并曾以第七章片断的名义在《莫斯科新闻导报》上发表过(1827年3月)。1830年1月1日的《文学报》上又刊出了另一些片断(关于克里米亚的描写)。1830年秋,作家在鲍尔金诺把它们改为独立的第八章。考虑到其中许多过于尖锐的暴露性描写不可能被检查官通过,诗人决定抽去这一章。整章原稿已经遗失。现在的第八章(原来应为第九章)中有几节诗是从这里移去的。

《叶甫盖尼·奥涅金》最后一章是单独出版的,前言如下:

“省略掉的诗节曾不止一次引起责难和嘲笑(不过,都很公正而且高明)。作者坦率承认,他从他的小说中抽掉了描写奥涅金在俄罗斯各地旅行的整整一章。略去部分本该用虚线或数字表示;但,为免授人以柄,他决定最好还是不将最后一章标为‘第九章’而标为‘第八章’,并且也牺牲了末尾几节诗中的这样一节:

是时候了,我的笔要求休息;
一共九支歌,我已全部写完;
第九级巨浪把我的小船托起,
把它一直送到了欢乐的彼岸——
赞美你们啊,九位嘉米娜[①],等等。”

帕·亚·卡捷宁(卓越的诗才并不妨碍他也是一位明察秋毫的批评家)曾向我们指出,这种省略也许对读者会有好处,但却有害于整个作品的结构;因为从乡下小姐的达吉雅娜到显贵夫人的达吉雅娜之间的转变,显得过于突然和不可解释。——这是一位有经验的艺术家提出的意见。作者本人感到了这一意见的公正性,然而,他决定抽去这章的原因,主要是为他自己而不是为读者着想。这一章的某些片断曾经付印过;现在我们把这些诗行抄录于此,并且再添上几个诗节。

叶甫盖尼·奥涅金从莫斯科来到尼日尼·诺夫哥罗德。

……………………………他看到

① 嘉米娜,罗马神话中分管诗歌、艺术和科学的女神。

马卡里也夫①熙熙攘攘，一片忙乱，
沸腾般显示着自己的丰饶。
印度人运来的是他们的珍珠，
欧洲人运来冒牌酒假充仙露，
牧场的主人也从草原里
赶来了一群挑剔的马匹，
一副纸牌和一把听话的骰子，
是一位赌徒随身带来的工具，
地主带来的，是成熟的闺女，
闺女穿戴的，是去年的样式。
人人都在奔忙，一个人撒两个人的谎，
斤斤计较的气味四处飞扬。

* * *

苦闷！……

奥涅金去阿斯特拉罕，从这里再到高加索。

他见到，任性的捷列克河②
　　冲击着两旁峻峭的河岸；
　　小鹿伫立不动，低垂着犄角，
　　一只雄鹰在他眼前飞旋；
　　骆驼躺在峭壁的阴影下，
　　草原上奔跑着车尔凯斯③人的马，
　　卡尔梅克人把自己的羊，
　　在游牧的帐篷周围牧放，

---

① 马卡里也夫，尼日尼城的集市，是1817年以后从马卡里也夫城移去的，因此得名。是俄国有名的每年一度的大集市。

② 捷列克河，高加索北部的河流。

③ 车尔凯斯，俄国一种信奉回教的少数民族。

远处，是高加索的巍巍群山：
一条大路通往那个方向。
战争冲破它们天然的屏障，
越过了它们险峻的阻拦；
阿拉瓜河与库拉河①的崖石
正向俄罗斯人的帐篷凝视。

*　　　　*　　　　*

已经望见别式图山②的尖顶
矗立在大小峰峦的簇拥之中，
它是荒原上一位永恒的卫兵，
它身边的马舒克山③绿茵葱浓，
马舒克山施舍治病的泉水；
在它一条条神奇的溪流周围，
一群苍白的患者挤来挤去；
有人失去健康，是为战争的荣誉，
有人为痔疮，有人为基普里达④；
这些受苦人想用奇迹般的水浪
把自己线一般细的生命增强；
风情女子厌恨她恶劣的生涯，
想把它带来的羞辱留在水边，
老人想变年轻——哪怕在片刻之间。

*　　　　*　　　　*

周围是这样一群悲哀的人；

① 阿拉瓜河与库拉河，高加索南部的两条河，俄国军队长期在此驻防。
② 别式图山，高加索南部的高山。
③ 马舒克山，高加索南部的山，以温泉著名。
④ 基普里达，即爱神维纳斯。相传她从海波中诞生后，即居住在基普里岛上，因此又名基普里达。

怀着自己心头痛苦的思索，
奥涅金眼中充满悔恨，
注视着这烟雾蒸腾的小河，
他思索着，忧伤令他的思绪迷蒙：
为什么枪弹不打穿我的前胸？
为什么我不是个龙钟老汉，
就像眼前这位可怜的包税官？
为什么我不患中风卧床不起，
和那位土拉的陪审员一样？
为什么我不感到我肩头上
哪怕有点儿风湿病？——啊，上帝！
我年轻，我有强壮的生命；
我在等待什么？苦闷，苦闷！……

后来奥涅金又去访问塔夫利达：

那被人们想像为神圣的地方：
阿特里得斯在那儿和皮拉得斯吵过架①，
米特里达特②曾在那儿自杀，
密茨凯维奇③曾在那儿歌唱，
他在岸边的岩石中，满怀灵感，
思念着他的祖国立陶宛。

---

① 这里普希金大概是记错了。根据希腊神话，皮拉得斯到塔夫利达，是和俄瑞斯忒斯一同受阿波罗之命去取阿耳忒弥斯（即狄安娜）的神像的。阿特里得斯是俄瑞斯忒斯的父亲阿伽美农和叔父墨涅拉俄斯共用的名字，而当时此二人都已死去。因此皮拉得斯不可能在克里米亚（即塔夫利达）和两个阿特里得斯中的任何一个吵过架。

② 米特里达特（公元前132—公元前63），彭塔和波士佛尔的国王，著名的武将，自杀于塔夫里达，相传他的坟墓在克里米亚东边的一座山上。这座山因此名为米特里达特。

③ 密茨凯维奇（1798—1855），波兰的伟大诗人。他的确到过克里米亚，写过怀念祖国的十四行诗。

*　　*　　*

你真美丽啊，塔夫利达海岸，
在清晨吉普里达①的微光中，
我从船舷上望见你的容颜，
我仿佛第一次和你相逢；
我看见你，浴着新婚般的光华：
你的一层层峰峦神采焕发，
衬托着蔚蓝色透明的天空，
你的点点溪谷、村落和树丛，
似一片锦绣，在我眼前展开。
而那边，在鞑靼人的茅屋之间……
我心头苏醒了怎样的火焰！
怎样一种富有魔力的愁怀
紧压着我的火热的胸膛！
而缪斯啊！请你把过去遗忘。

*　　*　　*

那时藏在我心头的感情，
无论什么感情，都已云散烟消：
它们有的变了，有的已无踪影……
祝你们安息，过去年代的烦恼！
那时，我好像需要一片荒凉，
需要那有珍珠般波浪的地方，
需要垒垒群山和海的喧嚷，
和一位骄傲的姑娘作为理想，

① 吉普里达，这里指启明星。

和那些不知来由的苦痛……
如今岁月已改,魂梦更迭;
你们啊,已经一一平歇,
我的青春的高翔的幻梦,
我已经把许许多多的水,
掺进了我的诗的酒杯。

*　　*　　*

如今我需要另一些画面:
我爱一片铺沙的山坡地,
两株山梨树立在茅屋窗前,
一扇柴扉,一排坍塌的藩篱,
天空中几朵淡灰色的浮云,
几堆干草垛堵住谷仓的大门——
浓密的树阴下一洼池塘,
鸭子在池中自在地徜徉;
如今我爱看醉汉跳特列巴卡舞①,
看他们在酒店门前跳个不停,
爱听那伴奏的三弦琴声。
如今我的理想是一位主妇,
我的希望是:日子过得安逸,
*再加一盆菜汤,再加自己管自己。*②

*　　*　　*

前几天是连绵不断的阴雨,

① 特列巴卡舞,一种乌克兰民间舞蹈。
② 原文为斜体字。

我顺路走进养牲口的院落……
呸！这些散文味儿的梦呓，
佛拉芒派①杂乱的胡说！
我是这样吗，当我在青春华年？
告诉我，巴赫奇萨拉伊的喷泉！
你终年不绝的哗哗声响，
在我心头可曾勾起这些思想，
当我默默地站立在你的面前，
心中想像着我的莎莱玛②，
那些大厅是荒凉而奢华……
在我以后，过了整整三年，
奥涅金也在这一带漂泊，
那时，他曾经想到过我。

* * *

那时我住在尘土飞扬的敖德萨……
但是那儿经常有晴朗的天空，
那儿一条条大船扬帆出发，
那儿的贸易往来繁忙而兴隆；
处处像欧洲，处处是欧洲气派，
那儿一切闪烁着南国光彩，
到处是五光十色的生动画面。
金子般响亮的意大利语言，
在愉快的街头随处可闻，
有骄傲的斯拉夫人，有些人来自希腊、
亚美尼亚、法兰西、西班牙，
还有笨拙的莫尔达维亚人，

---

① 佛拉芒派，文艺复兴后欧洲的一个画派。

② 莎莱玛，普希金另一部长诗《巴赫奇萨拉伊的喷泉》中的女主人公之一。这个故事正是发生在克里米亚。

还有埃及土地的儿子摩拉里①,
那退隐的海盗,都在这儿聚集。

*　　　*　　　*

杜曼斯基②,我们的友人,
用铿锵的诗句描写过敖德萨,
然而,他是用偏颇的眼睛
在那时对它进行了观察。
刚下马车,他便以诗人派头
拿起一副望远镜出外漫游,
一个人去海边立了一立——
随后便用他的生花妙笔,
把敖德萨的花园大肆颂扬。
一切都好,然而却有个问题,
那儿四周全是光秃的草地;
仅仅不久以前,在有些地方,
才用劳动强迫幼嫩的枝丫
交出些阴影来,在烈日暴晒下。

*　　　*　　　*

不过,我扯到了什么地方?
啊,我说到尘土飞扬的敖德萨。
我不妨说:敖德萨非常肮脏——
就这样,真的,也不算说谎话。
敖德萨每年有五六个星期,

---

① 摩拉里,普希金在敖德萨时,常和一个来历不明的阿拉伯人来往。据说此人曾经当过海盗,他就是这里所说的摩拉里。

② 杜曼斯基(1800—1860),普希金在沃隆佐夫手下供职时的同僚,他写过一首题为《致敖德萨》的诗,对敖德萨的城市风景大肆歌颂,而事实却并不像他所描写的那样。

按照狂暴的宙斯的心意，
用堤坝圈住，被洪水包围，
陷在深深的泥泞之内。
房舍都沾上一尺厚的烂泥，
行人只有踩上一副高跷
才能踏进浅滩，走上街道；
轿车、人，都被淹没，陷在泥里，
公牛代替了瘦弱的役马，
被套在车上，累得犄角朝下。

* * *

然而铁锤已在砸碎石块，
这城市将很快获得拯救，
将铺出一条响亮的马路来，
如同披上一副铁铸的甲胄。
不过，在这潮湿的敖德萨
还有一个缺点仍很重大；
请你们想想是什么？——水。
沉重的劳动在为它耗费……
这算什么？是个不大的悲哀，
特别是这种时候，当各色美酒
可以不必纳税地任意进口。
而那南方的太阳，而大海……
朋友，还有什么更好的可想？
这确是一个幸福美好的地方！

* * *

当轮船为通报黎明来临，
刚刚响过它隆隆的大炮，
往往我已出发走向海滨，

从峻峭的岸上向下奔跑。
然后，咸水使我精神抖擞，
我燃起一支烧热的烟斗，
像回教徒在他的天国内，
以东方的浓度喝一杯咖啡。
然后我去街头溜达一圈，
殷勤待客的赌场①已经开门，
传出了杯盘碗盏的声音；
睡眼惺忪的台球记分员
拿把扫帚走上阳台，而大门边
两个谈生意的已经在会面。

* * *

你看，广场上五光十色、熙熙攘攘，
一切都活跃了，这边，那边，
有事的和没事的都在奔忙，
不过多数人还是有事可干。
长于计算和冒险的商人，
这时也走出家门，走向海滨，
远远地瞭望船上的旗幡，
看老天可曾送来他熟悉的船帆。
看看是哪些新到的货，
遭到检疫，不能运走？
一心盼望的酒桶运到没有？
瘟疫情况如何？哪里失了火？
看有没有关于饥荒、战争，
以及诸如此类的新闻可听？

---

① 原文为意大利语。

*　　　*　　　*

而我们,无忧无虑的孩子,
也挤在心神劳顿的商人堆里,
我们所等的只不过是
从君士坦丁堡运来的新鲜牡蛎。
牡蛎怎么样? 到啦! 啊,真好!
馋嘴的年轻人飞快地奔跑,
去剥开贝壳大口地吞吃
一只只鲜嫩肥美的隐士,
并且用柠檬汁略微一喷。
吵闹、争论——一瓶瓶的淡酒
从地下室直送到餐厅桌头,
奥顿酒家①待客人一向殷勤;
时间在飞,而吓人的酒账
也在不知不觉间一同增长。

*　　　*　　　*

然而,蓝色的黄昏已经消失,
时间到了,我们赶快去观看歌剧:
那里有欧洲的骄子和俄耳甫斯②——
那位令人迷醉的罗西尼③。
他从不理会严厉的评论,
他永远是他,也永远清新,
他使歌声不断地倾流而出,
歌声沸腾、奔泻,如火如荼,

① 奥顿酒家,当时敖德萨一家著名的餐馆。

② 俄耳甫斯,希腊神话中的一个伟大歌手,善弹竖琴。他的琴声可使猛兽俯首,顽石点头。

③ 罗西尼(1792—1868),意大利歌剧作曲家。

好似一次又一次年轻的香吻，
一切在欢乐中，燃烧着爱的烈火，
好似阿逸酒嗞嗞有声的泡沫，
金色的琼浆在飞溅、翻滚——
然而，诸位先生，你们是否同意
我拿多—来—米—索①和酒打比？

* * *

但那儿何止音乐令人入迷？
你忘了四处搜索的观剧镜？
忘了女主角②？忘了芭蕾舞剧？
忘了怎样在后台幽会情人？
还有那位年轻美貌的商人妇，
稳坐包厢内，簇拥着奴仆，
闪烁着光彩，矜持而慵悃，
难道这景象不令你销魂？
她对那些半带阿谀的笑谈，
对独唱、对向她提出的恳请，
都是一副待理不理的神情——
而丈夫呢——正在她背后打鼾，
梦中大喊一声：好哇，再来一个！
打一个呵欠——重又鼾声大作。

* * *

终场曲响了，大厅渐渐变空；
人声嘈杂，观众匆匆走散；
人群奔跑在广场当中，

---

① 即音乐简谱中的1、2、3、5四个音。这里借指歌曲。
② 原文为意大利语。

凭着路灯和星光点点，
幸福的阿梭尼亚①的子孙，
轻快地哼出活泼的歌声，
他们自然而然记住了调子，
但我们只能大吼几句台词。
而时间已晚。敖德萨已静静入梦，
沉默的夜晚无声无息，
而且温暖。月亮已经升起，
一层透明的轻幔笼罩着天空。
万籁俱寂，沉默而宁静；
只听见黑海的阵阵喧声……

* * *

就这样，那时我住在敖德萨……

---

① 阿梭尼亚，意大利的一个古地名，这里泛指意大利。

第 十 章[1]

① 这一章只留下一些片断和未完成的诗节。

关于普希金想在前九章之后续写《叶甫盖尼·奥涅金》的打算，我们是从一位名叫 M. B. 尤赛弗维奇的人的回忆录中得知的。他回忆作家 1829 年在高加索的情况时说："他对我们相当详尽地谈到他最初构思的一切，按照这个构思，奥涅金应该或是死在高加索，或是加入十二月党。"

普希金遗稿中留有一张 1830 年前后写下的纸条。纸条上写着："10 月 19 日烧毁第十支歌。"

在维亚泽姆斯基 1830 年 12 月 19 日的日记中，我们读到这样的话："普希金前天在我们这里。在乡下他写得很多，整理好了《奥涅金》的第九章，算是就此告一结束。在第十章中，他读给我听了关于 1812 年及以后几年的诗节。出色的历史记述。"

1 ①

一个怯懦而狡猾的国君，
秃头的纨绔子，劳动的仇敌，
意外地获得荣誉的垂青，
那时，是君临我们的皇帝。
…………………………

2 ②

他曾经非常驯顺，我们知道，
那是在波拿巴③营帐中的事，
那时，双头鹰④被人拔光了毛，
而动手的却不是我们的厨师。

3

一八一二年的风暴终于来到——
谁在这时帮我们战胜了强敌？
是人民的不可遏止的怒潮，

---

① 这一节写亚历山大一世(1801—1825 在位)。
② 这一节写 1805 和 1806—1807 年俄国受到挫折的俄法之战。
③ 波拿巴，拿破仑的姓。
④ 双头鹰，俄国的帝徽图案，这里指俄国。

巴克莱①,冬天,或是俄国的上帝②?

4

还是上帝保佑——怨声在消减,
不久以后,由于大势所趋,
我们不知不觉在巴黎出现,
由我国沙皇领导别国的皇帝。
………………………………

5

一个人愈是肥胖,便愈有分量,
啊,我的愚笨的俄罗斯人民,
说呀,为什么你们竟在事实上
………………………………

6③

或许,啊,你这个民间口头禅,
为了你,我真想写首诗来赞扬,
然而,有人抢在了我的前面!

---

① 巴克莱(1761—1818),俄军将领。

② 俄国的上帝,当时俄国诗文中惯用的一个词,代表当时一种拥护反动政权的"官方爱国主义"思想。

③ 第6节谈到多尔戈鲁科夫公爵以颂诗形式写下的一首诗《或许》。普希金根据圣经典故把"或许"称作"民间口头禅"(原文是"希波列")。《圣经》上说,犹太人在打仗时彼此间凭当时的民间口头禅"希波列"(意为"麦穗")这个字音互相辨识。作家是想表示,"或许"这个字眼已经是一种俄罗斯民族的标志了。紧接着在第7节里,作家便利用"或许"说出了一些他希望但近期又不可能在俄国实现的事情。

他是一位出身显贵的诗匠。
……………………………
阿尔庇翁得到了大海
……………………………

7

或许，伪君子[①]忘记把地租收，
自己跑去住进修道院，
也许，尼古拉挥挥他的手，
西伯利亚便重返家园[②]
……………………………
或许，会给我们把道路修好
……………………………

8[③]

这位命运的主宰，好战的浪子，
许多皇帝曾在他面前低头，
这位曾经由教皇加冕过的骑士，
正像朝露的影子，悄悄溜走。
……………………………
寂静的惩罚在折磨他
……………………………

① 伪君子，一般都认为这是指亚历山大一世的教育部长，笃信宗教的戈里曾。

② 这两行诗是写希望沙皇对十二月党人实行大赦。

③ 第8节诗曾被改动后移入《英雄》这篇短诗中，因此，也可以推想，以下这几行诗可能最初包括在这一节中："受尽英雄美名的嘲笑，/他一动不动地死去，/盖上一件征战的披风。"这节诗是写拿破仑的晚年。

9①

比里牛斯在震动，气势威武，
那坡利的火山燃烧不停，
断臂的公爵②已从基希涅夫
对莫雷亚③的朋友们挤过眼睛。
…………………………
短剑……阴影④
…………………………

10

“我要率领我的臣民压服一切人！”——
我们的沙皇在议会上说过⑤，
………………………………
至于你，是什么都不在乎
………………………………
你啊，亚历山大的奴才⑥。
………………………………

① 第9节写十九世纪二十年代初期欧洲的革命运动（西班牙革命、那坡利革命、希腊起义等）。

② 这里说的是亚历山大·伊普西兰基（1792—1828），希腊革命领袖，1813年在德累斯顿城下参加俄国反拿破仑的战役时失去手臂。

③ 莫雷亚，希腊南部的半岛。

④ 两个很难判定其含义的代号。

⑤ 写亚历山大一世晚年，在组织神圣同盟时以欧洲宪兵自居的狂妄丑态。

⑥ 指当时的军政部长阿拉克切耶夫。

11

彼得巨人的少年兵团①
在一伙凶残的刽子手面前，
他们曾出卖过一个暴君。
……………………………

12②

俄罗斯重新又驯服听话，
沙皇巡游得比以往更勤，
然而，另一堆火焰上的火花，
也许早在很久之前已经
……………………………

13

他们经常有自己的聚会，
他们用饮茶的大杯喝葡萄酒，
他们喝俄国伏特加用小酒杯
……………………………

14

属于这个家族的成员，

① 即谢苗诺夫近卫军团，是由彼得大帝幼时一同做打仗游戏的同伴们长大后作为骨干组成的。后来彼得的孙子保罗一世被贵族刺杀，就是这些近卫军受贿干的。

② 从第 12 节到第 14 节显然是描写“救国同盟”“幸福同盟”等革命组织活动的情况。

都是著名的口齿锋利，
他们在不安的尼基塔①家会面。
也在小心谨慎的伊里亚家里。

15

玛斯②、巴克斯③、维纳斯的朋友，
卢宁④，他在会上大胆地建议
要大家采纳他坚决的步骤，
他并且兴奋地喃喃自语。
普希金朗诵了自己的圣诞歌，
雅库什金⑤，他一向郁郁不乐，
这时好像在悄悄地往外抽
他那柄行刺沙皇的匕首。
跛子屠格涅夫⑥倾听他们发言，
他眼中只有俄罗斯，在世界上，
他只珍爱自己的俄罗斯理想，
他憎恨奴隶制度的皮鞭，
他预见到，在这群贵族当中
将会出现解放农民的英雄。

16⑦

这是在冰封的涅瓦河滨，

---

① 尼基塔，即穆拉维约夫，下一行中的伊里亚即多尔戈鲁科夫，二人都是十二月党人，属北社。

② 玛斯，罗马神话中的战争之神，希腊名称为阿瑞斯。

③ 巴克斯，罗马神话中的酒神，希腊名称为狄俄尼索斯。

④⑤⑥ 卢宁（1787—1845），雅库什金（1793—1857），屠格涅夫指H. 屠格涅夫（1789—1871），都是十二月党人，属北社。

⑦ 本节描写南俄军队总司令维特根什泰因辖区的革命情绪。杜尔钦、卡曼加是十二月党人南社的领导中心所在地。

而那边，更早闪烁春光的地方，
在浓阴覆盖的卡曼加山顶，
在杜尔钦的层层峰峦上，
在那第聂伯河的冲积平原
和布卡河的茫茫草滩中间，
维特根什泰因卫队驻扎的地方，
发生的事情却不是这样。
那儿别斯捷里——他招兵买马，
聚集了……队伍来对付暴君，
还有一位冷静的将军①，
穆拉维约夫②说服了他，
于是他充满力量和勇气，
在加速促成爆发的时机。

17③

他们在拉菲特和克里科④之间
进行的这些秘密议论，
最初只是朋友间的争辩，
还没让这种反叛的学问
深深扎进他们的心坎，
还都只是烦闷时的消遣，
年轻的头脑无事可做，
成年的淘气鬼也借此作乐，
仿佛……………………

---

① 冷静的将军，指尤什涅夫斯基，维特根什泰因手下的将领，南社成员之一。

② 穆拉维约夫，全名谢尔盖·穆拉维约夫-阿波斯沃尔，南社领袖。

③ 显然作家是要从本节起转入叙述1825年的事件。这以前的各节都是叙述十二月起义前的准备阶段，接下去当是直接描写起义。

④ 拉菲特、克里科，法国香槟酒名。

一环套一环………………

而逐渐,用一张秘密的网

俄罗斯……………………

我们的沙皇在打瞌睡……

…………………………

译本修订校改后记

1

《叶甫盖尼·奥涅金》译稿的校订和修改工作结束了。这本译作马上就要以新的面貌和读者见面了。在这个时候,我想我应该在这里给读者朋友们说一些有关这本书的翻译过程的话。

说来话长。

我是一个俄国文学爱好者,也有幸成为了一个俄国文学研究、翻译和教学的专业人员。从1950年起我开始阅读普希金的这部《叶甫盖尼·奥涅金》,到后来研究它,给学生们讲它,又翻译它,至今已经五十多年了,这也正是新中国成立以后的五十多年。在我和这本书的不解的缘分中,曾经有许多师长和朋友帮助过我。现在,每当我回忆往事时,脑海中总不由得会浮现出他们的面容和身影。因为,没有他们的教导、鼓励、帮助和支持,我就不可能做出这件直到今天还能继续为读者服务的工作来。

这里我首先想到的,是何其芳先生。

那是在1956年,北京的高级知识分子刚在中南海怀仁堂听过陆定一代表中共中央所做的"百花齐放、百家争鸣"的重要报告。文艺界与学术界人人意气风发,跃跃欲试。这时中国作家协会酝酿创办两个刊物,一个搞散文,一个搞诗歌。散文刊物的创办任务是交给何其芳先生的。他当时是科学院文学研究所所长,我是他手下的一个青年研究人员。他把办这份刊物的具体工作交给所里三个都去怀仁堂听过报告的年轻人来做,我是其中的一个,他还叫我负责。后来因为形势陡生变化,这个刊物不让搞了,何其芳先生和我们几个人都白忙活了一阵。然而恰是在这个不曾问世的刊物从筹办到终止的过程中,出乎意料地萌生了我的《叶甫盖尼·奥涅金》译本的开端。

那时,我经常要拿着组到的稿件到北大燕东园何其芳先生家里去向他汇报,听取他的意见。一天,在谈论一份稿件时,因为其中写到普希金,其芳先生随意地说起他最喜欢普希金的《叶甫盖尼·奥涅金》,说他在读大学时曾不止一次读过这部书的英译本,他说有些诗行他还记得,好像他还立即背出了几行。这时,因为我也非常爱读这本书,我便按捺不住地顺口用俄语背诵起其中的诗句来。其芳先生听了很是高兴,而且显得很兴奋,他对我居然能够背诵这部书的全文表示惊异和赞赏。有几行诗他要我再重背一次(记得是第七章第36节末尾的几行:“莫斯科……对一颗俄国人的心说来,多少东西在这声呼唤里交融,多少东西回响在这声呼唤之中!”)他对诗句原文中铿锵和谐的音韵赞叹不已,连声说:“真美!真美!听起来比英文本美得多!”

这时,其芳先生忽然满怀诚挚的热情对我说:

“你把它,把《奥涅金》,从俄文翻出来嘛!”

当时我还只有二十多岁,虽已走上俄国文学专业道路,但是还没有写出一篇像样的论文,也不曾译出过任何一部大的作品来。《叶甫盖尼·奥涅金》是俄国文学的皇冠,我怎么敢初出茅庐就去触碰它?我没有把其芳先生的话认真地听,以为他是在随便说说,我把我的这种想法和心情如实地告诉了其芳先生。没想到他却又对我说:

“我是认真说的,你翻嘛!你能翻!”

我被他的认真劲儿感染了,抬眼凝望着他。这时其芳先生又说:

“我是认真说的。你能翻,全中国有几个能把它从头到尾背出来的人?你怕是第一个。你能翻!”

停了一停,他又对我说:

“胆子放大,态度老实些,多花些工夫进去,你能翻得好,不要怕!”

接着他又说,翻译文学作品不仅应该把原作字句的意思翻出来,还应该尽可能地传达一些原作的形式,让不懂外文的中国读者也能从中体会到一些原作的艺术特点。翻译诗歌尤其应该这样,因为离开了艺术形式上的那些独特性,诗歌就不成其为诗歌了。其芳先生这番语重心长的教导和鼓励给我的启发很大，从此我便开始了翻译《叶甫盖尼·奥涅金》的漫长的历程。

从这天起，我潜心思考、认真对待这件事。我首先做的是，从书中四百多个十四行诗节中选出十节，用它们当试验，来确定我翻译这部书的方法和原则。（现在所采用的保持原诗诗节押韵规律和诗行节奏的做法，就是那时通过这种试验确定下来的。）我用了大约两个多月的时间，悄悄地把这十节诗经过反复修改翻译出来。我没有对任何人说我在做这件事，也没给任何人看我的试译稿。然后我鼓起很大的勇气，把这十节译诗抄清，送去给其芳先生，请他过目。

又过了大约两个月。一天，北大中关村宿舍区的门房叫我去接电话。是其芳先生打来的。我一拿起听筒，只听他高兴地对我说：

"和尚！你译的《奥涅金》发表咯！"

"和尚"是我年轻时的绰号，也是师友们对我的亲切称呼（我那时留着平头）。我正在对他的话莫名其妙时，他又说了：

"你看见今天的报纸没有？我的文章？"

我还在莫名其妙。他继续说：

"你快去看看！"说完他就把电话挂了。

我马上跑进北大校园，跑到哲学楼的二楼（当时中国科学院文学研究所设在北大里边，在新建的哲学楼占一层楼面），去资料室找到当天的报纸，大概是光明日报，看见了全文发表的他那篇《论红楼梦》的长篇名文。读到中间，竟发现他把我翻译的那十节《奥涅金》当中的一节作为引文放入了他的文章里。那是第八章的第46节（"对于我，奥涅金，这豪华富丽，这令人厌恶的生活的光辉……"），他用普希金在这节诗中出色表达的达吉雅娜的浓郁情感，来阐释曹雪芹对林黛玉的情感描绘，使文章神采倍增，真是神来之笔。他还在文章中说，这节诗是"诗中之诗"，是最美的诗。而我读到这里，首先领会到的，是其芳先生利用这样的机会和方式，对我的莫大鼓励和关怀。

从这天起，我开始满怀信心地，按照其芳先生的指示，"大胆地，老实地，下工夫地"翻译《叶甫盖尼·奥涅金》。

几个月以后，当我翻到第二章的中间，大约译出六十几节诗的时候，大难临头了。那是1958年的初春，我被定为“反党反人民反社会主义”的右派分子。“白专道路”是我的罪名之一，我在研究任务以外自己悄悄进行的《叶甫盖尼·奥涅金》的翻译工作，是我的一个具体的罪证。

我陷入巨大的痛苦和迷惘之中。面对妻离子散、身败名裂的处境，我茫然不知所措，原先痴心追求的一切都顾不得了，《叶甫盖尼·奥涅金》的翻译工作更是不得不忍痛丢在一旁，不敢再去碰它。我被划为三类右派分子，工作、工资……都没有了，每月领取三十元的生活费，去劳动改造。

这一年（1958年）的5月里，就在我要被送往河北省东部太行山区农村的头一天，中午，天气炎热，中国科学院社会楼（这时文学所已经搬到科学院里）第三层里安静极了，好像除了我这个等待放逐的坏人以外，一个好人也没有。我坐在原归我使用的研究室办公桌前，桌上和抽屉里已经一无所有，我面前的墙壁上贴着一张记不得是哪位革命“左派”同志写的，勒令我老老实实去劳动改造、争取重新做人的大字报。这张桌子和这张大字报在告诉我，我从此将永远不能再和我心爱的俄国文学研究和翻译工作有任何关系，我心中苦不堪言，万念俱灰。

我独自坐在那里，坐得实在无聊。我到厕所去小便。我站在那个白瓷便池前，正在面壁发呆，忽听得身后有人走进厕所来。原来这层楼里还有别的人。他也是来小便的。两个小便池并排贴着一面墙，这人和我也并排站立。我（因为自觉自己是坏人）头也不敢转一转，眼睛更不敢斜视去偷觑人家，只盼着他赶快结束走掉，我好把身体上难受的紧绷的弦放松。

忽然我明确无误地感觉到，他不是别人，正是何其芳先生。

我心中的苦味突然陡增，我多想跟他说一句话啊，至少是对他说一声再见，因为我明天就要下乡去了。可是我不敢。他是所长，是所里反右派斗争的领导小组组长。在当时的政治气氛下，好人们和我之间的界线是划得分明的，连楼里的勤杂工对我都不予理睬，更何况是他。我动也不敢动，两只手僵持在一个位置上，心中只盼他赶快走掉，而同时又真希望他不要走掉。我身体的每一个部分都处于十分紧张难受的状态。

他先结束,转身离开。我仍然僵立在那里,一动不动。

我听见身后他的皮带扣发出的声音。但是一段时间过去了,还没有向外走去的脚步声。

我有些奇怪了,没有再继续僵立,我转过身去。我发现其芳先生正立在我的身后。这时,我和他面对着面。我不敢对他说话,也不知该说什么。而先开口说话的是他。我万万料想不到,在这种时间,在这个地方,其芳先生低声地、匆促地,也是认真而严肃地,用他浓重的四川口音,对我说了这样一句话:

"《奥涅金》你一定要搞完咯!"

说完这样一句短短的匆忙的言不尽意的话以后,他立刻昂起头,做出似乎并不曾理睬我的样子,转身走出厕所去。在他临出厕所门的那一刻间,我见他先是探头向外,看看走廊里有人没有,然后才大步地走开。

我在听到所长室的门砰的一声关上以后,身体才恢复动作。我好像忽然感觉到,我的万念俱灰的黑暗处境里有了一线光亮。我还不是一个等于已经死掉的、一无用处的人,还有人对我抱着希望,要我继续做好我应该做好的工作。当时我觉得,其芳先生的这一句话是世界上最亲切感人的话,我觉得,这才是真正的党的声音,人民的声音,社会主义的声音。他的这句话提醒我想到,我并不是像那些在大会上口吐白沫声嘶力竭痛斥我的人们所说的那样,从此"盖棺论定"。(那时,有人还给我画过一幅漫画,画上我躺在棺材里,手里好像还拿着一本《奥涅金》,棺材盖子上写着"白专道路"几个字。)不!我翻译《叶甫盖尼·奥涅金》并没有错!其芳先生不是已经对我说了嘛:"《奥涅金》你一定要搞完咯!"他的这句话在当时对我起了多么重大的作用!这是一个让我重新直立起来、勇敢做人的精神的支柱。我过后越来越深地理解到,在当时,对我说出这样的一句话,在其芳先生又是多么地大胆,承担着怎样的风险啊。他不正是反右领导小组的组长吗?我不正是一个必须与之划清界限的阶级敌人吗?我觉得,其芳先生对我国文艺事业的忠诚，他为人处世的一颗善良之心，他对当时反右运动中的一些观念和做法（也就是当时的政策）在内心深处的判断和评价，在他对我悄悄说出的这一句话中，全都坦率无遗地表现出来了。这些年里，我在国内国外，读到过不少专门研究何其芳先生的文章，但很少有人探入他心灵和思想深处的这一个矛盾的方面。我觉得，不如此深探，便不能研究出一个真实的何其芳来。

心头的激动催出我眼中汹涌的热泪。我从那个厕所里奔回研究室，伏在那张空无所有的写字桌上痛哭了一场。哭过以后，我回到宿舍，打开已经封存的书箱，取出苏联科学院出版的俄文《普希金全集》第五卷（有《奥涅金》的那一卷）和我已经译出的稿子，把它们塞进我下乡要带的行李中……

我现在一闭上眼睛，还能清晰地回忆起，在太行山麓那个名叫小米峪的山村外，在蓝天白云下，我一边双脚交替地踩着刚刚撒下旱稻稻种的田垄（为了把土踩实），一边借助这一动作的节奏，默念着《奥涅金》中四音步轻重格的诗行，再一句一句地把原诗在心中翻译成中文，也要它和着我脚下的节奏，均匀起伏地一句句流淌出来……那时我每天都这样做，不管干什么农活，一边干，一边在心里默默翻译《叶甫盖尼·奥涅金》，反正也没人跟我这个五类分子聊天说话。到夜晚，我就把白天想好的译文写在从墙上撕下来的糊墙报纸上，有时是写在卫生纸或香烟盒上。

后来当我的《叶甫盖尼·奥涅金》译本即将由人民文学出版社出书时，我在初版的“译后记”中诚心诚意地写下这样一段：

> ……然而，在这件工作上，我首先应该衷心、诚挚地感谢的，是我的老师和领导，尊敬的长者，何其芳同志，是他在二十六年前鼓励我译这部作品的。他还曾在他的著名论文《论红楼梦》中引用了一节我的译文。记得二十年前，当我从农村回来，从一片片香烟盒、包装纸和卫生纸上把译稿最初凑成一个整体时，我还能抄一部寄去呈在他的面前；而现在，这本书又经过上十次的重译、重抄，终于排印出来的时候，已不可能请他亲自过目了。……安息吧，敬爱的其芳同志！请允许我以这份极不完满的成绩，奉献在您的灵前，

希望您能知道，您为培育后来人所用的心血，并没有白费。我，以及所有经过您教育培养的后来人，一定会遵照您的教导，学着您的榜样，永远忠实地为祖国人民工作。

这应该是后话。我的回忆还只到1958年。

在1958和1959这两年的大跃进、大办人民公社和大炼钢铁的高举“三面红旗”的日子里，我一边服从监督、老实劳动、认真改造，一边仍在悄悄译我的《奥涅金》。记得那一天，我从平山县（当时叫建平县）西边一处小山坡上把一块据说是含有铁矿的石头（大约有一百来斤重）背往县委所在地洪子店的炼钢场地的途中，我一直在心里反复推敲，寻找一节诗的韵脚，于是也忘记了脊背上的重负。

1959年底，有了给右派分子摘帽子的第一个政策，我回到北京。这时我曾经见到过其芳先生一次，也是最后一次。但我没有机会和他说话，也没主动找他，一来避嫌，二来我的《奥涅金》翻译工作还没有做完，不能向他交代。讨论摘帽问题时，有人揭发我改造的决心不够，例证之一便是我在农村仍然“念念不忘”《奥涅金》的翻译。再加上其他原因，这次我的帽子没有能摘掉。我被再次发配大西北，继续改造。我还是带上我的那本《普希金全集》第五卷和我的没完成的译稿。我被分配在甘肃人民出版社的一个编辑室里做勤杂工。每天夜晚打扫完办公室以后，我就利用那里的灯光和纸张，继续翻译我的《奥涅金》。还是悄悄地译，不敢让那位对右派分子非常严厉的编辑部主任知道。

1960年春天，在那个大饥饿的年代里，我被派到甘肃定西重灾区去支援春耕。在吃着野菜树皮去拉犁种地的时候，我没有忘记其芳先生的嘱咐，继续坚持我的《奥涅金》翻译工作。有些当时的情况和体会我把它作为创作素材写在了我写的长篇小说《饥饿的山村》里。1960年底，当我失去了干部身份、健康，甚至户口等等，只剩下头上一顶右派帽子来到上海时，我随身的行李是几袋书和一只盛满各种各样碎纸片（都是一节节《奥涅金》的译稿）的手提包。

我到上海后所做的第一件事，便是躺在病床上把已经全部译出的《奥涅金》整理抄清。记得我用的是一种像土制卫生纸似的非常粗糙的纸,当时我只买得起这样的纸。我抄了两份,一份寄给其芳先生,一份作为投稿寄给了人民文学出版社。

就我当时的右派身份,我的译稿当然是不会出版的。其芳先生收到译稿后,让他的办公室主任王平凡先生给我回一封回信,说他很忙,以后会看的,也会给我写信,等等。而后来,又是一连串的政治运动,接着便是史无前例的“无产阶级文化大革命”;而这场“革命”刚结束不久,其芳先生便离我们而去了。到1982年,我才能在那篇译后记里,写下上面引出的那段怀念他的话。

2

1961年,我在上海一个弄堂的居民小组中被表决通过,摘掉右派帽子,回到人民的队伍中。带有幽默意味的是,主持会议的派出所民警,在谈到我应该摘帽的理由时举例说,我在农村劳动和在上海生病失业期间,还“念念不忘”(他也用了这四个字)翻译《奥涅金》,说明我对社会主义文化事业的忠诚。

这年冬天,出乎意料地有人来看望我。居然是我的恩师,从1950年便指导我阅读《奥涅金》的北大俄国文学教授余振(李毓珍)先生。原来他在也被划右派以后调到上海,做《辞海》编辑工作。这时他也已经摘掉右派帽子。他说,他早知道我到上海,知道我又失业又生病,但是直等到两人头上的帽子都摘掉了,他才敢来看望我。

余振先生见到我全部译出的《奥涅金》,非常高兴。但是他说:“现在要出版你的译本是不可能的。不要忘了我们头上曾经有过的那顶帽子啊。再说,我们头上现在还是有一顶帽子的,叫作‘摘帽右派’。”

在我们两人都黯然无语,过了片刻以后,他又说:

“也好,再多改几遍,好好磨磨,铁棒磨成绣花针嘛。”

余振先生喜欢用“磨”这个字来表示认真下工夫的意思。和其芳先生当年的指示意思是一样的。这一磨就磨了二十多年,而且现在我还在继续“磨”下去。

余振先生要我首先把原作再仔细阅读。为了鼓励和鞭策我,他给我看了他在抗日战争时期亲手抄写的全本《奥涅金》原文,并且说:“我当时虽然这样用功,仍是不敢译它,还是你大胆,做得好!再磨它几年,做得会更好的!”他见我一家五口生活困难,连买稿纸的钱也没有,竟然把他心爱的藏书——《四部备要》的第二编送去福州路卖掉,把几百块钱拿给我,叫我安心养病和工作。

从这时到1966年“文化大革命”开始的几年间,我每个星期都要到余振先生家里去一两次,在他的指导下研读普希金作品和有关的参考书,不停地对我的《奥涅金》译稿进行修改。后来又有一个摘帽右派参加进来,他是杜嘉蓁,北大俄语系1957年的毕业生,在他一年级时我给他上过俄语讲读课,他也是一个普希金的热爱者,我们师生三辈爱好一致,命运相同,我们相聚时惟一的话题便是普希金和《奥涅金》。那时我们曾经说,如果能给我们一间屋子,挂上个“普希金研究翻译室”的牌子,我们愿意进去坐一辈子,不给工资也行。那时,他们两人(主要是余振先生)帮我修改《奥涅金》,对俄诗韵律与节奏如何在汉译中表现的问题和我做过许多探讨。《奥涅金》的译稿在这几年里大约至少重译、重抄过上十遍。反正我还在失业,有的是时间。

到1966年,“文化大革命”如狂风暴雨般来到,我们三个人各自在单位和里弄接受批斗和被监管,不敢再聚会了。我独自一人继续干下去。当时我每天主要的时间是被叫去批斗、扫弄堂、烧砖头、挖防空洞,我仍然早起晚睡地继续修改这份译稿,并在几年中把俄文《普希金全集》里《叶甫盖尼·奥涅金》的有关别稿也全部译出了。这些材料对于研究普希金和《叶甫盖尼·奥涅金》有重要意义。我又把别林斯基论《奥涅金》的两篇名文和普希金的继承人莱蒙托夫用“奥涅金诗节”的格律写出的长诗《唐波夫财政局长夫人》也翻译出来,想为我国读者、学生和教师尽可能多提供一些有关《奥涅金》的参考材料。这些译文现在全都发表了,起到了我所期望的作用。

1970年夏天以后,“文革”的大浪潮已经过去,我们这三个被称作“牛鬼”的人又悄悄聚会了。第一次,我记得,是在上海复兴路嘉善路口一家小面馆里。余振先生见我面的第一句话不是嘘寒问暖,而是:“你把《奥涅金》磨好没有?”从这以后,直到“文革”结束,我又在余振先生帮助下把译稿修改了几次。我的《奥涅金》翻译中其实包含了许多余振先生的心血。二十年之后,余振先生逝世的前几天,他躺在上海华东医院病床上对我说:“我昨天做了一个梦,梦见我们把普希金全都翻出来了,印了一百万本!”他老人家就是带着这样一个美好的梦想离开人世的。

3

“文化大革命”结束后,我们的国家又需要文化了。大约在1980年前后,有关方面研究出版“世界文学名著丛书”。在考虑《叶甫盖尼·奥涅金》采用哪个译本时,我国研究俄国文学和普希金的前辈专家,一向关心后来人的戈宝权先生为我力争,我的这个译本才得到其他同志的“那就拿来看一看”的允诺。据说当时有人想到我的“摘帽右派”身份,因而有所犹豫(这不怪人家,只是反映当时的时代和历史的特点),戈宝权先生坚持说:“既然有这个译本,就应该考虑进去,人家花了那么大力气!”他的这番热心话救了我的《奥涅金》译稿一条命。

1981年,人民文学出版社的蒋路先生,把他们终于从“文革”劫后的残余文稿中找出的、我当年投寄给他们的《奥涅金》译稿带到上海,在余振先生家里交给我,请我修改后再给他们。他当时的一句话说得很对,他说:“请你重校和修改。这是你二十年前译的,就是当初出版了,现在也应该重校了。”现在,又一个二十年以后,我再重新校改这部译稿,其实也是按照他的这个意见在做的。

这时中央在胡耀邦同志主持下,正在落实知识分子政策,我正从《英汉大辞典》编辑部的临时工转为华东师范大学的教师。我花了一年多的时间对已经多次修改的译稿再做加工,先把全书中的一章(第七章)仔细校改过,抄出五份,分别请老师朋友们和青年学生们提出意见,然后再根据他们的意见修改全书。当时给过我帮助的有翻译家方平先生,前辈诗人辛笛先生,故世的诗人姚奔先生,余振先生,杜嘉蓁先生,故世的翻译家力冈先生和几位爱好诗歌的大学生。有两位大学生还曾热心地把全部译稿朗读录音,以便从听觉上去发现译文的优缺点。

译稿送到人民文学出版社之后,又得到当时该社外国文学编辑部主任卢永福先生许多帮助。他亲自来当责任编辑,对稿子做了许多加工。卢永福先生是我国老一辈的俄国文学研究家、翻译家和出版家,他怀着满腔对俄国文学的热情和对我的厚爱,帮助我让这个多灾多难的译本出版问世了。从1950年我在余振先生,还有曹靖华先生、刘泽荣先生的指导下开始阅读《叶甫盖尼·奥涅金》算起,到这时,已经整整三十年。

从1982年到现在又过了二十年。这是我们国家新生的二十年,真正繁荣昌盛的二十年。这个译本在这二十年间,曾在人文社的《普希金选集》《普希金小说戏剧选》和《普希金文集》中以不同版本出现过,曾多次在电台播放,录制过录音带,并曾按照余振先生的意愿,由他参与执笔,改成每行十个字的整齐版本,以另一形式收入浙江文艺出版社的《普希金全集》中。二十年来,国内大多数文学选本和教材中,都采用这个译本,国内外有关普希金的论著中都提到或引用这个译本,国内外有关俄国文学和普希金的展览会上、纪念馆和图书馆中,都陈列这个译本。随着我国改革开放事业的伟大进展,这个译本已经流传到世界各地,台湾省也买去了版权,印出当地的版本。

1999年,在普希金诞辰二百周年的纪念会上,俄罗斯驻华大使在他的发言中因为这个译本和我的《上尉的女儿》译本,以及我在普希金教学研究方面所做的一些工作,把我的名字和其他几位先生的名字列在一起,表示感谢,俄罗斯政府文化部还向我颁发了普希金纪念章和感谢状。俄罗斯曾几次邀请我去参加有关普希金和《叶甫盖尼·奥涅金》的学术讨论会,虽然因为经费问题未能成行,但我也很高兴。

现在,人民文学出版社外国文学第二编辑室的主任刘开华先生和我商定,由我对这部译稿重新校改,再出新版,让它能随着时间的推移,与时俱进地进一步提高,让它能够配得上我们伟大祖国今天欣欣向荣的形势和改革开放的成就,并且满足我国广大读者日益提高和增长的需要。我就是在做这件工作的同时,对于过去的五十年,心中涌现出不可抑止的回忆。

我把这些回忆写下来，作为这部重新校订修改的书稿的译后记放在这里。敬请读者朋友们指教。

智　量

2002年2月

写于上海华东师大一村

“名著名译丛书”书目

（按著者生年排序）

第一辑

书名	著者	译者
荷马史诗·伊利亚特	[古希腊]荷马	罗念生 王焕生
荷马史诗·奥德赛	[古希腊]荷马	王焕生
伊索寓言	[古希腊]伊索	王焕生
一千零一夜		纳　训
源氏物语	[日]紫式部	丰子恺
十日谈	[意大利]薄伽丘	王永年
堂吉诃德	[西班牙]塞万提斯	杨　绛
培根随笔集	[英]培根	曹明伦
罗密欧与朱丽叶	[英]莎士比亚	朱生豪
鲁滨孙飘流记	[英]笛福	徐霞村
格列佛游记	[英]斯威夫特	张　健
浮士德	[德]歌德	绿　原
少年维特的烦恼	[德]歌德	杨武能
傲慢与偏见	[英]简·奥斯丁	张　玲 张　扬
红与黑	[法]司汤达	张冠尧
格林童话全集	[德]格林兄弟	魏以新
希腊神话和传说	[德]施瓦布	楚图南

高老头 欧也妮·葛朗台	[法]巴尔扎克	张冠尧
普希金诗选	[俄]普希金	高　莽 等
巴黎圣母院	[法]雨果	陈敬容
悲惨世界	[法]雨果	李　丹 方　于
基度山伯爵	[法]大仲马	蒋学模
三个火枪手	[法]大仲马	李玉民
安徒生童话故事集	[丹麦]安徒生	叶君健
爱伦·坡短篇小说集	[美]爱伦·坡	陈良廷 等
汤姆叔叔的小屋	[美]斯陀夫人	王家湘
大卫·科波菲尔	[英]查尔斯·狄更斯	庄绎传
双城记	[英]查尔斯·狄更斯	石永礼 赵文娟
雾都孤儿	[英]查尔斯·狄更斯	黄雨石
简·爱	[英]夏洛蒂·勃朗特	吴钧燮
瓦尔登湖	[美]亨利·戴维·梭罗	苏福忠
呼啸山庄	[英]爱米丽·勃朗特	张　玲 张　扬
猎人笔记	[俄]屠格涅夫	丰子恺
包法利夫人	[法]福楼拜	李健吾
昆虫记	[法]亨利·法布尔	陈筱卿
茶花女	[法]小仲马	王振孙
安娜·卡列宁娜	[俄]列夫·托尔斯泰	周　扬 谢素台
复活	[俄]列夫·托尔斯泰	汝　龙
战争与和平	[俄]列夫·托尔斯泰	刘辽逸
海底两万里	[法]儒勒·凡尔纳	赵克非
八十天环游地球	[法]儒勒·凡尔纳	赵克非
马克·吐温中短篇小说选	[美]马克·吐温	叶冬心
汤姆·索亚历险记	[美]马克·吐温	张友松
爱的教育	[意大利]埃·德·阿米琪斯	王干卿
莫泊桑短篇小说选	[法]莫泊桑	张英伦
契诃夫短篇小说选	[俄]契诃夫	汝　龙
泰戈尔诗选	[印度]泰戈尔	冰　心 等
欧·亨利短篇小说选	[美]欧·亨利	王永年

名人传	[法]罗曼·罗兰	张冠尧 艾 珉
童年 在人间 我的大学	[苏联]高尔基	刘辽逸 等
绿山墙的安妮	[加拿大]露西·蒙哥马利	马爱农
杰克·伦敦小说选	[美]杰克·伦敦	万 紫 等
卡夫卡中短篇小说全集	[奥地利]卡夫卡	叶廷芳 等
罗生门	[日]芥川龙之介	文洁若 等
了不起的盖茨比	[美]菲茨杰拉德	姚乃强
老人与海	[美]海明威	陈良廷 等
飘	[美]米切尔	戴 侃 等
小王子	[法]圣埃克苏佩里	马振骋
钢铁是怎样炼成的	[苏联]尼·奥斯特洛夫斯基	梅 益
静静的顿河	[苏联]肖洛霍夫	金 人

第 二 辑

威尼斯商人	[英]莎士比亚	朱生豪
忏悔录	[法]卢梭	范希衡 等
罪与罚	[俄]陀思妥耶夫斯基	朱海观 王 汶
哈克贝利·费恩历险记	[美]马克·吐温	张友松
漂亮朋友	[法]莫泊桑	张冠尧
斯·茨威格中短篇小说选	[奥地利]斯·茨威格	张玉书
海浪 达洛维太太	[英]弗吉尼亚·吴尔夫	吴钧燮 谷启楠
日瓦戈医生	[苏联]帕斯捷尔纳克	张秉衡
大师和玛格丽特	[苏联]布尔加科夫	钱 诚
太阳照常升起	[美]海明威	周 莉

第 三 辑

神曲	[意大利]但丁	田德望
吉尔·布拉斯	[法]勒萨日	杨 绛
都兰趣话	[法]巴尔扎克	施康强

叶甫盖尼·奥涅金	[俄]普希金	智　量
笑面人	[法]雨果	郑永慧
红字 七个尖角顶的宅第	[美]纳撒尼尔·霍桑	胡允桓
死魂灵	[俄]果戈理	满　涛 许庆道
南方与北方	[英]盖斯凯尔夫人	主　万
莱蒙托夫诗选 当代英雄	[俄]莱蒙托夫	余　振 等
前夜 父与子	[俄]屠格涅夫	丽　尼 巴　金
白鲸	[美]赫尔曼·梅尔维尔	成　时
米德尔马契	[英]乔治·爱略特	项星耀
小妇人	[美]路易莎·梅·奥尔科特	贾辉丰
娜娜	[法]左拉	郑永慧
一位女士的画像	[美]亨利·詹姆斯	项星耀
十字军骑士	[波兰]亨利克·显克维奇	林洪亮
樱桃园	[俄]契诃夫	汝　龙
约翰-克利斯朵夫	[法]罗曼·罗兰	傅　雷
我是猫	[日]夏目漱石	阎小妹
嘉莉妹妹	[美]德莱塞	潘庆舲
月亮与六便士	[英]威廉·萨默塞特·毛姆	谷启楠
人性的枷锁	[英]威廉·萨默塞特·毛姆	叶　尊
人类群星闪耀时	[奥地利]斯·茨威格	张玉书
尤利西斯	[爱尔兰]詹姆斯·乔伊斯	金　隄
好兵帅克历险记	[捷克]雅·哈谢克	星　灿
城堡	[奥地利]卡夫卡	高年生
喧哗与骚动	[美]威廉·福克纳	李文俊
老妇还乡	[瑞士]迪伦马特	叶廷芳 韩瑞祥
金阁寺	[日]三岛由纪夫	陈德文
万延元年的 Football	[日]大江健三郎	邱雅芬